자살
가게

자살가게

장 틸리에 장편소설 | 성귀수 옮김

열림원

우린 필요한 것만 제공할 뿐,
나머지는 각자의 사정이니까요.

일러두기

* 소설에서 괄호 안 글자 크기가 작은 것은 모두 옮긴이 주다.
* 인명, 지명 등 외국어의 우리말 표기는 국립국어원 외래어 표기법을
  따르되, 통용되는 일부 표기는 허용했다.

01

이곳은 장밋빛 화사한 햇살 한 올 스며들지 않는 조그만 가게. 창이라곤 출입문 바로 왼쪽에 하나뿐인데, 그나마 깔때기 모양의 종이봉투들과 판지 상자들이 잔뜩 쌓여 있어 가려진 상태고 빗장에는 석판이 한 장 매달려 있다.

천장의 네온 불빛 아래, 어느 늙은 부인이 회색 유모차 속 아기에게 다가간다.

"아이고, 애가 웃네!"

그러자 창가 금전등록기 앞에 앉아 계산에 열중하던 보다 젊은 여자가 발끈한다.

"제 아들 녀석이 웃다뇨, 설마요! 웃는 게 아닐 겁니다. 아마 입가 주름이겠죠. 걔가 왜 웃겠어요?"

그러고는 다시 계산에 몰두하자, 늙은 여자 손님은 덮개를 젖힌 유모차 주위를 천천히 돌며 살펴본다. 지팡이를 짚느라 걸음걸이가 엉거주춤 부자연스럽다. 백내장으로 시야가 부연―흐리멍덩 안쓰러운―다 죽어가는 눈빛으로 다시 노파가 입을 연다.

"아무래도 웃는 것 같은데."

"그럴 리가요, 튀바슈 가문 사람은 결코 웃지 않는걸요!"

아기 엄마는 얼른 계산대 너머로 몸을 내밀어 확인해보더니, 바짝 고개를 들고 가느다란 목을 쭉 뽑으며 소리쳐 부른다.

"미시마! 이리 좀 나와봐요!"

그와 동시에 바닥의 뚜껑문이 입처럼 빠끔히 열리면서 글자 그대로 대머리 하나가 불쑥 나타난다.

"뭐야? 무슨 일인데?"

지하실에서 나온 미시마 튀바슈가 안고 있던 시멘트 부대를 타일바닥에 내려놓는 동안 아내의 설명이 이어진다.

"손님께서 자꾸 알랑이 웃는다고 하시네요."

"오, 뤼크레스…… 지금 그게 무슨 소리야?"

옷소매에 묻은 시멘트 가루를 툭툭 털며 아기에게 다가가 의심스러운 눈빛으로 찬찬히 살펴보더니, 사내는 진단을 내린다.

"틀림없이 배앓이를 하는 거야. 흔히 그러면 입가 주름이 이런 식으로 생기거든…….”

　그러면서 두 손을 나란히 수평으로 움직여 얼굴에 주름 생기는 시늉을 해 보인다.

　“간혹 웃는 걸로 착각하기도 하지만, 실은 인상을 찌푸리는 거지.”

　사내는 유모차 덮개 아래로 손을 쑥 집어넣으면서 노파더러 보라고 한다.

　“이것 좀 보십쇼. 내가 애 입가를 턱 쪽으로 쓱 미니까, 어때요, 더 이상 웃지 않죠? 위의 애들이 다 그렇듯이 애도 태어날 때부터 한 인상 한답니다.”

　“어디, 봐보세요.”

　사내가 그대로 하자, 손님은 금세 이렇게 소리친다.

　“아, 거봐요, 웃잖아요!”

　순간, 미시마 튀바슈는 떡하니 버티듯 허리를 곧추세우고는 역정을 낸다.

　“그나저나 댁은 원하는 게 뭐요?”

"목매달 밧줄을 하나……."

"지금 사시는 곳 천장은 높은가요? 잘 몰라요? 그럼 이걸 가져가보시죠. 2미터 정도면 충분할 거외다……."

사내는 선반에서 삼으로 꼰 밧줄을 하나 꺼내는 동안에도 계속 이죽거린다.

"매듭은 미리 다 돼 있습니다! 그냥 머리만 집어넣으면 돼요."

부인은 값을 지불하면서도 유모차 쪽을 돌아보며 중얼거린다.

"웃고 있는 아이를 보면 왠지 마음이 푸근해진다니까."

"그래요, 그래, 어련하시겠소! 자자, 어서 집으로 돌아가기나 해요. 가서 지금 당장 실행에 옮기는 게 좋겠구려."

미시마가 으르렁대자, 잔뜩 풀 죽은 노파는 어깨에 밧줄을 감아 걸친 채 음산한 하늘 아래로 걸어나간다. 그제야 주인은 가게 안으로 홱 돌아서며 내뱉는다.

"휴, 속이 다 시원하네! 저 할망구 괜히 지랄이야. 웃긴 누가 웃는다고 그래."

그런데 저 혼자 흔들거리고 있는 유모차 옆에 웬일인지 아기 엄마가 멍하니 붙어서 있다. 끽끽거리는 용수철 소리가 들리는 가운데, 유모차 안에서는 아기의 옹알이에 섞여 가끔 터지는 웃음소리가 새어나오고 있다. 그 양옆, 아기 부모는 기겁한 얼굴로 서로를 마주 보고 서 있다.

"맙소사……."

02

"알랑! 도대체 몇 번을 말해야 하는 거니? 우리 가게에서 나가는 사람들한테는 '안녕히 가세요'라는 평범한 인사는 하는 게 아니야. '명복을 빕니다'라고 아예 작별인사를 해야지. 대체 언제가 돼야 알아들을래?"

뤼크레스 튀바슈는 웬 종이를 한 장 움켜쥔 두 손을 뒷짐 진 채 화가 머리끝까지 치밀어 있다. 부아를 참지 못해 부들부들 떠는 손안에서 반쯤 구겨진 종이가 위태롭게 흔들리고 있다. 반바지 차림으로 코앞에 서서 해맑은 얼굴로 올려다보는 막내를 그녀는 엄한 표정으로 굽어보며 온갖 설교를 늘어놓고 있다.

"그리고 사람들이 들어올 때 이따위로 흥얼거리지 말란 말이다. (그러면서 흉내를 낸다) 봉-주-르! 그냥 우울하게 '재수 옴 붙은 날입니다, 마담' 하든지, '앞이 캄캄한 날이 되길 바랍니다, 무슈' 하란 말이야. 그리고 제발 웃지 좀 말라구! 손님들 죄다 도망가게 만들고 싶어서 그러냐? 그렇게 뚱그란 눈알 굴려가며 알랑대면서 사람들 맞이하는 건 도대체 어디서 배워먹은 버릇이냐구! 손님들이 네 웃는 얼굴이나 보려고 여기 오는 줄 아니? 정말이지 점점 봐줄 수가 없어. 아주 얼굴에 무슨 기구를 채우든가 수술이라도 해버려야지 원!"

신장 1미터 60센티미터에 40킬로그램대를 꽉 채우는 몸무게의 소유자 튀바슈 부인은 여간 화가 난 상태가 아니다. 다소 짧은 듯한 밤색 머리카락을 귀 뒤로 말끔히 쓸어 넘겼는데, 이마 한가운데 비스듬히 뭉친 머리 타래가 유난히 봉긋 솟아난 모습이다.

그런가 하면 알랑의 금빛 곱슬머리는 고래고래 악을 쓰는 엄마 앞에서 마치 선풍기 바람이라도 맞는 듯 나풀거리고 있다. 튀바슈 부인은 뒷짐 진 채 숨기고 있던 종잇장을 쓱 내밀며 또 다그친다.

"그리고, 너 유치원에서 가져온 이 그림은 또 뭐냐?"

그녀는 종이를 쥔 손을 쭉 내뻗은 채, 다른 손 검지손가락으로 그림 여기저기를 거칠게 짚어대면서 계속 떠들어댄다.

"길이 꼬불꼬불 가 닿는 곳에 창문하고 문하고 활짝 열린 집이 한 채 있고 그 뒤로는 화사한 햇살이 내리비치는 푸른 하늘이라니! 네 녀석 풍경 속에는 공해물질도 구름도 한 점 없단 말이냐? 우리 머리 위에 아시아의 병균 섞인 똥이나 잔뜩 싸대는 철새들은 다 어디 간 거야? 방사선이랄지 테러리스트들이 터뜨리는 폭탄들은 다 어디 있는 거냐구! 그림이 완전 비현실적이지 않니! 뱅상이나 마릴린이 네 나이 때 그린 그림들을 좀 본받으란 말이다!"

그러면서 뤼크레스는 금빛 반짝거리는 유리병들이 즐비하게 늘어선 진열대를 따라 치맛자락을 휘날리며 걸어간다. 깡마른 체격의 열다섯 살 먹은 뱅상은 머리를 온통 붕대로 친친 감은 채 손톱을 잘근잘근 씹으면서 입술을 깨물고, 열두 살에 약간 통통한 몸집의 마릴린은 등받이 없는 걸상 위에 맥없는 몸뚱어리를 잔뜩 웅크리고 앉아 세상 집어삼킬 듯 하품이다. 드디어 미시마가 철제 셔터를 내리고 네온관 몇 개를 소등한다. 아이들 엄마는 금전등록기 밑의 서랍을 열고 주문접수장에서 두 장의 종이를 꺼내 펼친다.

"자, 여기 마릴린이 그린 걸 좀 봐라. 얼마나 우중충한지! 그리고 이건 뱅상이 그린 거다. 벽돌 벽 앞에 이 쇠창살을 좀 보란 말이야! 난 이런 그림이 마음에 든다. 정말이지 인생에 관해 뭔가 대단한 걸 깨달은 아이의 마음이 느껴지지 않니? 한시라도 붕대를 감지 않으면 머리가 터질 거라고 굳게 믿는 한 가없은 식욕부진증 환자 아이의 지독한 두통이 고스란히 전해져와…… 아, 애야말로 우리 가문의 진정한 예술가, 우리의 반고흐란 말이다! 얘 핏속에는 다름 아닌 자살의 넋이 흐르고 있어. 진정한 튀바슈의 피를 가진 자손이라고 할 수 있지. 근데 알랑 너는……."

엄마가 그런 식으로 자기를 한껏 띄워주는 동안 뱅상은 엄지손가락을 입에 문 채, 저를 낳아준 여인의 아랫배에 바싹 달라붙으며 중얼거린다.

"이 안으로 다시 돌아가고 싶어요, 엄마……."

"그래, 안다……."

여자는 벨포붕대로 감은 뱅상의 머리를 어루만지면서 그렇게 말하더니, 또다시 알랑의 그림을 꼬치꼬치 물고 늘어진다.

"여기 이 다리 긴 계집아이는 또 뭐니? 집 앞에서 얼쩡거리는 애 말이다!"

"마릴린이에요."

여섯 살배기 아이의 대답에 어깨를 잔뜩 움츠리고 있던 뒤바슈 가문의 따님이 천천히 고개를 든다. 머리카락이 거의 다 가린 거나 다름없는 그 얼굴, 엄마가 발끈하자 콧방울만 발갛게 달아오른다.

"근데 왜 걔를 이렇게 특별하고 예쁘게 만들어놓은 거야? 허구한 날 자신이 쓸모없고 못생겼다고 투덜거리는 거 넌 듣지도 못했니?"

"제가 보기에는 예쁜걸요."

순간, 마릴린은 양 손바닥으로 귀를 꽉 막고 의자에서 훌쩍 뛰어내리더니 비명을 질러대며 가게 구석으로 달려가 아파트로 향하는 계단을 정신없이 기어오른다.

"잘하는 짓이다, 녀석이 이제 제 누나를 다 울리는구먼!"

튀바슈 부인이 고래고래 악을 쓰는 동안, 튀바슈 씨는 상점 안을 비추는 마지막 남은 네온관을 마저 소등한다.

03

"그렇게 안토니우스의 죽음을 애도한 다음, 이집트 여왕은 화관을 머리에 두르고 목욕 준비를 하였단다……."

엄마는 마릴린의 침대에 걸터앉아 클레오파트라의 자살 이야기를 자장가 대신 들려준다.

"목욕을 한 뒤 여왕은 식탁에 앉아 풍성한 식사를 했지. 그때 한 사내가 클레오파트라에게 바칠 바구니를 가지고 나타났어. 근위병들은 사내를 붙잡고 바구니 안에 무엇이 들었는지 물었단다. 사내는 바구니 뚜껑을 열고 잎사귀들을 헤쳐서 안에 가득 든 무화과들을 직접 보여주었지. 탐스럽게 무르익은 과실 모양에 근위병들은 감탄을 금치 못하고 사내는 조용히 웃으면서 하나쯤 먹어보라고 권했어. 그제야 확실히 안심한 근위병들은 사내를 바구니와 함께 궁전 안으로 들여보냈지."

마릴린은 똑바로 누운 채 붉게 충혈된 눈을 들어 천장을 바라보면서 엄마의 아름다운 목소리를 듣고 있다.

"점심식사를 마친 클레오파트라는 미리 내용을 적어 봉인까지 해둔 서판을 꺼내 사람을 시켜 옥타비아누스에게 보냈단다. 그런 다음 하녀 한 명만 놔두고 모든 사람들을 내보낸 뒤 문을 닫았지."

마릴린 눈꺼풀이 무거워지면서 숨소리도 점차 차분해진다.

"한편 서판의 봉인을 뜯고 그 안의 내용을 읽은 옥타비아누스는 클레오파트라가 방금 무슨 짓을 했는지 금방 알 수 있었단다. 다름 아니라 자기 몸을 안토니우스와 함께 매장해달라고 애원하는 내용이었거든. 옥타비아누스는 당장 한걸음에 내달려 그녀를 구할 생각도 했지만, 그보다 먼저 사람들을 보내 어떻게 된 건지 확인해보도록 지시했지······ 비극은 무척이나 빠르게 벌어졌단다. 헐레벌떡 도착한 사람들이 아무것도 눈치채지 못하고 있는 근위병들을 제치고 궁전 문을 열어젖히자, 여왕의 복장을 한 클레오파트라의 싸늘한 시신만 황금 침상 위에 덩그러니 놓여 있었으니 말이야. 이라스라 불리는 하녀가 홀로 죽은 여왕의 머리에 왕관을 씌우려 애쓰고 있었지. 사람들 중 하나가 펄쩍 뛰며 외쳤어. '이라스, 대체 이게 어찌된 일이더냐!?' 그러자 이라스는 이렇게 말했단다. '수많은 왕들의 뒤를 잇는 여왕다운 모습이셨습니다!' 무화과와 함께 바구니 속에는 독사가 한 마리 도사리고 있었던 거야. 클레오파트라는 자신도 모르는 사이에 독사한테 물릴 수 있도록 일부러 그놈을 과일들 밑에 숨겨서 가져오라고 명했던 거지. 하지만 무화과 몇 개를 들추자 금세 독사의 모습이 보였는데도, 여왕은 그저 '음, 거기 있구나' 하고는 자신의 팔을 의연하게 뻗어 독사에게 내주었다는 거야."

순간 마릴린은 마치 최면에 걸린 듯 번쩍 눈을 뜬다. 엄마는 딸의 머리를 쓰다듬으며 이야기의 결말을 이렇게 풀어낸다.

"사람들이 확인해보니 과연 클레오파트라의 팔에는 희미한 이빨자국 두 개가 찍혀 있었어. 여인의 죽음으로 인해 심히 낙담했음에도 불구하고 옥타비아누스는 그 위대한 영혼에 감탄과 존경을 표하지 않을 수 없었단다. 결국 먼저 간 안토니우스의 곁에 여왕으로서의 합당한 예를 갖춰 성대한 장례를 치러주었지."

그때 어디선가 알랑의 목소리가 들려온다.

"내가 그 자리에 있었다면, 그놈의 뱀을 잡아 마릴린을 위해 멋진 뱀가죽 신발을 만들었을 거야. 커트 코베인 디스코텍에 가서 신나게 춤출 수 있도록 말이야!"

뤼크레스가 잔뜩 인상을 찌푸리며 휙 돌아보자 반쯤 열린 방문 사이로 골칫덩이 막내 녀석의 얼굴이 빼꼼 내다보인다.

"넌 어서 가 잠이나 자! 누가 너더러 그런 거 신경 쓰랬어!"

그런 다음, 엄마는 몸을 일으키면서 딸에게 약속한다.

"내일 밤에는 어느 젊은 목동의 아름다운 눈동자를 위해 사포가 어떻게 높은 절벽에서 몸을 날려 푸른 바다에 뛰어들었는지를 이야기해주마……."

그러자 마릴린이 코를 훌쩍이며 묻는다.

"엄마, 제가 나중에 크면 남자아이들과 같이 디스코텍에 춤추러 갈 수 있을까요?"

"물론 절대로 안 되지. 네 동생 말은 전혀 들을 필요 없단다. 걔는 언제나 바보 같은 소리만 해요. 너도 이미 알고 있겠지만 너처럼 그렇게 못생긴 계집애하고 어느 사내자식이 춤을 추고 싶겠니? 자자, 어서 가서 악몽이나 꿔요, 그러는 게 훨씬 더 현명한 짓이란다."

어김없이 무거운 표정을 하고 뤼크레스 튀바슈가 남편이 있는 방으로 돌아오자마자 곧 아래층에서 초인종이 요란하게 울린다.

"그럼 그렇지. 밤에는 항시 대기하고 있어야 한다니까⋯⋯ 내가 나가보리다."

미시마는 한숨을 내쉬며 자리에서 일어난다. 어두컴컴한 계단을 더듬더듬 내려가면서 그는 연신 투덜댄다.

"아이고, 이거 하나도 안 보이는군. 자칫하다가는 그대로 굴러떨어지겠어."

계단 꼭대기에서 갑자기 알랑의 목소리가 들린 것은 바로 그때다.

"아빠, 너무 어두워서 그러니 차단기 스위치를 누르세요."

"오, 또 꼬마 선생이로군! 그렇게 친절히 일러주시니 몸둘

바를 모르겠나이다!"

그렇게 비아냥대면서도 아빠는 아들의 충고를 귀담아듣는
다. 깜빡거리는 전등 불빛 속에서 무사히 계단을 내려간 미시
마는 곧장 가게의 네온관 한 줄을 마저 점등한다.

그가 다시 2층으로 올라오자, 베개를 등에 대고 기댄 채 손
에는 읽다 만 잡지를 쥐고서 아내가 묻는다.

"누구예요?"

"알 게 뭐야. 그냥 인생 다 산 놈 같은 표정으로 텅 빈 권총을
가지고 있더군. 그래서 머리에 어서 쑤셔박으라고 창문 앞 탄
약 상자에서 적당히 몇 알 골라내줬지. 근데 당신 뭐 읽어?"

"작년 통계요. 40분마다 자살이 한 건씩 발생했는데, 전체
15만 건의 시도 중에 성공한 건 1만 2천 건이었다고 하네요.
엄청나죠⋯⋯."

"그렇군, 정말 엄청나. 실패하는 사람이 그 정도나 된다니!
우리한텐 그래주는 게 또 다행이지만⋯⋯ 자자, 불이나 끄고
어서 잡시다, 여보."

"그래요, 잘 자요."

한편 방 저쪽 구석에선 알랑의 목소리가 다시금 들려온다.

"좋은 꿈 꾸세요, 아빠. 좋은 꿈 꿔요, 엄마."

부부는 또 땅이 꺼져라 한숨을 내쉰다.

04

"네, '자살가게'입니다!"

시뻘건 핏빛 점퍼를 걸친 튀바슈 부인은 전화를 받자마자 잠시 끊지 말고 기다려달라고 말한다.

"잠깐만 기다려주세요, 무슈."

그러고는 불안과 근심으로 얼굴이 말이 아닌 한 여자 손님에게 부지런히 거스름돈을 쥐어준다. 잠시 후 손님은 환경친화적 분해용지로 된 쇼핑백을 손에 들고 밖으로 나간다. 한쪽에는 자살가게, 다른 쪽에는 실패한 삶을 사셨습니까? 저희 가게로 오십시오. 당신의 죽음만큼은 성공을 보장해드리겠습니다!라는 문안이 새겨진 쇼핑백이다. 뤼크레스는 손님의 등 뒤에 대고 "명복을 빕니다, 마담!" 외치고는 수화기에 대고 통화를 계속한다.

"여보세요? 아, 무슈 창이시군요! 물론 기억하죠. 오늘 아침 밧줄을 사가시지 않았나요?…… 네?…… 우리를요?…… 저기, 잘 안 들리는데요(손님은 분명 휴대전화를 사용하고 있는 듯하다)…… 장례식에 우릴 초대하시겠다구요? 어머,

자상도 하셔라! 근데 언제 식을 치르실 건가요? 아, 벌써 목에 밧줄을 거신 상태라구요? 그럼, 가만있자…… 오늘이 화요일, 내일이 수요일이니까…… 그럼 장례식은 목요일에 치르겠군요! 잠깐만 끊지 마세요, 남편한테 물어볼게요……."

아내는 가게 저 안쪽, 신선고 옆에 있는 남편을 소리쳐 부른다.

"미시마! 지금 무슈 창한테서 전화가 왔는데요! 왜 있잖아요, '잊혀진 종교' 단지 관리인으로 일한다던…… 그래요, 마호메트 동이요. 이번 목요일 자기 장례식에 우릴 초대하고 싶대요. 근데 그날이 혹시 '죽어도 상관 안 해' 상사의 새로 들어온 판매원을 보기로 한 날 아닌가요? 아, 그건 다음 주 목요일이에요? 그럼, 괜찮겠군요."

그러고는 다시 수화기에 대고 말한다.

"여보세요? 무슈 창? 여보세요! (잠시 그러다가 수화기를 내려놓으며) 그놈의 밧줄, 제법 신통하네! 이제 슬슬 축제도 다가오니 삼으로 꼰 놈들로 다시 주문 좀 해놔야겠어…… 애야, 마릴린, 이리 좀 와봐라."

마릴린 튀바슈는 이제 열일곱 살이다. 두루뭉술하고 게을러터진 마릴린은 젖가슴이 축 늘어진 자신의 거북살스러운 몸매가 여간 창피한 게 아니다. 게다가 몸에 꼭 맞는 티셔츠 앞가슴에는 검은색 테두리, 흰색 바탕의 직사각형이 그려져 있고 그 안에 다음과 같은 문구가 선명하다. 사는 게 지겨워.

그녀는 깃털 총채를 손에 쥐고서 동맥절단용 면도날들이 가지런히 놓여 있는 선반 가장자리를 건성으로 털고 있다. 면도날 중 일부는 녹이 슨 상태이고 그 옆에는 다음과 같은 안내문이 적혀 있다. 충분할 정도로 깊게 자르지 않으면 파상풍의 위험이 있습니다. 엄마가 부르는 소리가 다시 들린다.

"지금 '트리스탄과 이졸데' 꽃집에 가서 장례용 화환 작은 걸로 하나만 사오너라, 어서! 리본에는 이렇게 써달라고 해. '무슈 창 고객님의 명복을 빕니다. 자살가게.' 분명히 그 양반 마호메트 동에 사는 주민들 상당수를 장례식 손님으로 초대했을 거다. 아마 다들 수군거리겠지, 관리인 아저씨는 운 좋게 실패하지 않았다고 말이야…… 우리로서는 공짜로 광고가 되는 셈이지. 자자, 뭐 하고 있어! 넌 항상 네가 뭘 할 수 있겠냐며 엄마한테 물었잖니! 이제 그걸 새로운 무덤지기한테 갖다주면 되는 거야."

"아이참…… 항상 저한테는 그딴 허드렛일만 시키고…… 다 제가 쓸모없기 때문에 그런 거예요! 그런 일은 왜 남자들이 하면 안 되는 거죠?"

"뱅상은 자기 방에서 아이디어를 짜내지 않니. 알랑 걔는 지금도 밖에서 가을 햇살에 취해 저러고 있고 말이다. 바람과 놀고 구름과 이야기하고…… 벌써 열한 살인데 저러고 있으니…… 정말이지 걔는 앞으로 어찌되려고 저러는지 모르겠다. 자자, 어서 가지 않고 뭐 해!"

마릴린 튀바슈는 가게 저쪽에서 아빠와 이야기 나누고 있는 손님을 흘끔거리며 말한다.

"왜 멋진 남자 손님들은 나한테 눈길 한번 주지 않는 거죠? 난 관심을 좀 끌고 싶은데……."

"아이고, 이런 멍청한 계집애가 또 있을까! 넌 여기 손님들이 실없는 짓이나 하려고 오는 줄 아니? 어서 꺼지지 못해!"

"도대체 우린 왜 서로를 죽여선 안 되는 거예요, 엄마?"

"그건 너한테 벌써 백 번도 더 얘기해줬다. 도저히 그럴 수 없기 때문이라고. 서로 죽이고 나면 가게는 누가 볼래? 우리 튀바슈 가문은 엄연히 맡은 바 사명이 있는 거야! 물론 거기서도 알랑은 제외한다. 자자, 어서 가라니까!"

"휴…… 알았어요……."

"다 큰 애가 저래서야……."

가게 문을 나서는 딸의 두루뭉술한 뒷모습에 새삼 측은한 마음이 든 엄마는 계산대 뒤에서 걸어 나와 중얼거린다.

"하긴 나도 저 나이 땐 비슷했지. 매사 흐리멍덩한 데다 툭하면 푸념이나 하고…… 미시마를 만나기 전까진 나 자신이 마냥 바보스럽기만 했는데……."

그러면서 손가락으로 선반 위 먼지를 슬쩍 훑더니 또 중얼중얼이다.

"청소를 할 때도 구석구석 먼지가 웬만큼 모여야 겨우 몸을 움직여 하는 척이라도 했지……."

튀바슈 부인은 깃털 총채를 손에 쥔 채, 면도날들을 조심스레 옮겨가며 딸이 하던 청소를 마저 한다.

아파트로 올라가는 계단 아래, 신선고 옆에서 조끼 차림의 미시마는 자기보다 덩치가 큰 근육질 사내를 두고 상품 홍보에 잔뜩 열을 올리고 있다.

"아주 독창적이면서 남성다운 걸 찾으신다면 이걸 권해드리겠습니다. 흔히들 속된 말로 '하라키리'라고 부르는 바로 세푸쿠(할복자살)입니다. 이거 말이죠, 솔직히 아무한테나 권하는 거 아니에요. 아주 과격한 방법이거든요! 근데 손님처럼 건장하신 분이라면 당연히 좀 과격한 것도 소화해낼 수 있지 않겠습니까? 근데 무슨 일을 하시나요? 아니죠, 실례했습니다. 여기까지 이렇게 오신 걸 보면 질문을 달리 해드려야지요. 지금까지 무슨 일을 하셨나요?"

"몽테를랑고교 체육교사였습니다."

"거봐요, 제가 뭐랬습니까!"

"나는 애들도 동료 교사들도 이젠 더 이상 견딜 수가 없어요……."

사내의 말에 미시마는 충분히 이해한다는 투로 이렇게 대꾸한다.

"애들이라는 게 원래 골치 아픈 존재들이죠. 우리도 막내 때문에 종종 실감한답니다……."

"실은 휘발유라든가 네이팜 같은 걸 써볼까도 생각해봤는데……."

"아하, 학교 강당 같은 곳에서의 장렬한 분신자살도 나쁜 방법은 아니죠. 그런데 필요한 것도 얼마든지 있습니다만, 솔직히 세푸쿠가 좀 더…… 아무튼 제가 강요할 문제는 아니죠, 다 아실 만한 분이시니……."

체육교사는 두 가지 방안을 두고 한참을 저울질한다.

"분신이냐, 하라키리냐……."

"세푸쿠요."

튀바슈 씨가 얼른 정정한다.

"근데 그거 하려면 준비물이 많이 필요한가요?"

"우선 적당히 몸에 맞는 사무라이식 기모노 한 벌이 있어야 겠죠. 아마 저희 가게에 30사이즈가 하나 남아 있을 겁니다. 그리고 물론 단도短刀도 있어야겠구요. 뭐 얘기를 하자면 한참 길어지겠습니다만, 직접 보시죠. 한마디로 다소 짧은 검이라 하겠습니다."

튀바슈 씨는 벽에 매달린 흰색 무기(제법 큼지막하다)를 하나 내려 손님의 손에 쥐어주면서 간략히 설명한다.

"이건 제가 직접 날을 갈았답니다. 한번 만져보십시오. 손님 몸을 버터 자르듯 단칼에 부드럽게 베어버릴 겁니다."

체육교사는 번쩍이는 칼날을 그저 뚱하니 바라만 볼 뿐이다. 미시마는 계속해서 판지 상자를 내와 그 속에서 기모노 한 벌을 꺼내 손님 눈앞에 펼쳐 보인다.

"우리 맏아들 녀석이 이 옷에다 비단실로 빨간 십자가를 수

놓으면 어떨까 생각한 적이 있지요. 검을 박아 넣을 때 겨냥할 정확한 지점을 나타내려고 말입니다. 그만큼 사람들은 너무 높이 검을 꽂거나 너무 아래에 꽂는 잘못을 범하기 십상이거든요. 흉곽이나 맹장 같은 델 건드려봤자 아프기만 할 뿐, 죽는 덴 아무 도움이 되지 않는답니다."

"이거 비쌉니까?"

"다 합해서 300유로엔입니다."

"아, 역시나! 근데…… 혹시 안 되겠습니까?"

"외상 말인가요? 저희 가게에서요? 허허, 농담도 잘하십니다! 차라리 신용카드를 쓰시죠!"

"그게 좀 만만치 않은 투자라서요."

"아, 그야 물론 그렇죠. 네이팜 한 통으로 해결하는 것보다야 훨씬 부담스러울 겁니다. 하지만 어차피 마지막 지출일 텐데…… 굳이 귀족적인 자살 방법이라는 걸 고려하지 않더라도 말이지요. 뭐 딱히 저의 부모님이 제게 미시마라는 이름을 지어주셨기에 이런 말씀 드리는 건 아닙니다만(미시마

유키오를 염두에 둔 말).”

손님은 계속 망설이는 눈치더니, 급기야 단도를 들었다 놨다 하면서 말한다.

“막상 용기가 나지 않을까봐 걱정입니다…… 혹시 이 칼을 사용해보시긴 하셨나요?”

튀바슈 씨는 펄쩍 뛴다.

“오, 천만에요! 이래 봬도 우린 살인은 안 합니다. 아시다시피 그건 금지된 일이에요. 우린 다만 필요한 것만 제공할 뿐, 나머지는 사람들이 알아서 헤쳐나가는 거죠. 그건 어쨌든 각자의 사정이니까요. 우린 그저 양질의 상품을 팔아서 그들을 돕는 일에 종사할 따름입니다.”

그러면서 손님을 금전등록기 쪽으로 은근슬쩍 유도한다.

가게 주인 튀바슈 씨는 기모노를 조심스레 접어 칼과 함께 쇼핑백에 넣으면서 자기 나름의 의견을 장황하게 풀어낸다.

“가만 보면 아마추어들이 너무 많아요…… 아시겠지만 15만 명이 자살 시도를 하는 가운데 무려 13만 8천 명이 실패를 하고 만납니다. 그 사람들 대부분이 휠체어 신세를 진다든지 평생을 불구로 살게 되는 셈이죠. 처음부터 우리한테 도움을 청했으면…… 우리가 제공하는 자살은 철저하게 성공이 보장된 것입니다. 만약 죽지 않는다면 전액 환불이니까요! 자자, 손님 같은 탄탄한 분이시라면 이번 구매에 대해 절대 후회하지 않으실 겁니다! 그저 깊게 심호흡 한번 하고 단호히 뛰어드세요! 제가 늘 하는 말이지만, 제아무리 잊을 수 없는 혹독한 순간이라 하더라도, 한 번 죽지 두 번 죽겠습니까!"

미시마는 기어이 건장한 체육교사로부터 건네받은 돈을 금전등록기에 집어넣은 뒤, 거스름돈을 돌려주면서 다시 덧붙인다.

"저기요, 제가 직업상 기밀에 해당하는 요령 하나 귀띔해드리리다……."

그러고는 엿듣는 사람이 없는지 주변을 흘끔 둘러보고 조곤조곤 속삭인다.

"예를 들어 손님이 집 안 부엌에서 일을 치른다고 칩시다.

그러면 바닥에 무릎을 꿇고서 하시는 겁니다. 그래야 만약 날이 깊숙이 박히지 않을 경우…… 역시 따끔거리는 느낌은 어쩔 수 없거든요…… 무릎 꿇은 자세 그대로 배를 깔고 엎어지면 칼이 날밑까지 깊숙이 박히게 될 겁니다. 그런 상태로 발견되면 물론 친구들이 혼비백산하겠죠! 친구가 없다구요? 그럼 뭐 법의학자라도 기겁을 하며 이럴 겁니다. '이 양반 이거 정말 단호하게 해치웠구먼!'"

"조언, 감사합니다……."

이제 곧 실천에 옮길 행위 때문에 더더욱 실의에 빠진 듯한 손님이 맥없이 중얼거리자, 가게 주인 튀바슈 씨는 싱긋 웃으며 내뱉는다.

"원 별말씀을, 그게 다 우리 일인걸요."

05

"뤼크레스! 당신 이리 좀 와줘야겠는데!"

잠시 후 가게 저 안쪽 계단 아래 문이 빠끔 열리면서 튀바슈 부인이 나타난다. 목 부위부터 머리 꼭대기까지 방독면을 뒤집어쓴 모습이다. 얼굴 양쪽으로 툭 튀어나온 원형 렌즈와 입 주변으로 큼직하게 돌출한 정화통이 마치 잔뜩 골이 난 파리를 보는 것 같다.

흰색 작업복 차림에 외과의사용 고무장갑을 벗으면서 다가온 아내에게 남편은 여자 손님을 앞에 놓고 이렇게 말한다.

"여기 이 부인께서 뭔가 여성적인 걸 찾으시네."

"워웅워웅, 워웅워웅⋯⋯."

뤼크레스 튀바슈의 파리 얼굴이 다짜고짜 웅얼댄다. 그러다 자신이 모종의 보호장구를 뒤집어쓰고 있음을 뒤늦게 깨닫고서야 얼른 그걸 벗어들고 다시 입을 연다.

"네, 여성적인 거요⋯⋯ 그렇다면 독약만 한 게 또 없지요! 그러지 않아도 방금 전까지 저기 부엌 뒤 다용도실에서 조금 만드는 중이었습니다."

그러더니 아예 작업복까지 벗어 금전등록기 옆 계산대에 후딱 걸쳐놓는다.

"자, 독약이라…… 그래 어떤 걸로 권해드릴까? 만지는 거, 글자 그대로 만지면 죽습니다, 흡입하는 거, 먹는 거 이렇게 있는데요……."

무척 의외의 질문인 듯, 손님이 얼떨떨한 표정으로 더듬댄다.

"어…… 글쎄요, 어떤 게 제일 좋은가요?"

"만지는 게 제일 신속하죠! 산酸으로는 '푸른 뱀장어'가 있고, 독毒으로는 '황금개구리' '저녁별' '요정의 재앙' '치명적인 서릿발' '잿빛 공포' '해리성 기름' '메기' 등등이 있는데요…… 근데 이게 다가 아닙니다. 일부 품목은 신선고에 따로 보관되어 있으니까요."

뤼크레스 튀바슈는 각종 약병들이 즐비하게 놓여 있는 진열대 앞에서 거침없이 설명을 늘어놓는다.

"흡입하는 건 어떤 식인가요?"

"아주 간단합니다. 마개를 뽑아 연 다음에 병 속 내용물의 냄새를 맡으면 되죠. '광란의 춤'이라든가, '목맨 자의 헐떡임''노란 구름''살인자의 눈' 그리고 '사막의 숨결'이랄지……."

"아, 무얼 선택해야 할지 모르겠군요. 저 때문에 괜히 귀찮으시겠어요."

손님이 깍듯이 예를 차리자 튀바슈 부인은 손사래를 친다.

"천만에요! 뭘 고를지 몰라 망설이는 게 당연하죠. 정 그러시면 삼키는 건 어떨까요. '현기증의 꿀'이라고, 삼키는 즉시 모공에서 혈액이 스며나와 살갗이 빨개지는 건데 말이죠……."

손님은 그저 뚱한 표정이다.

마침내 뤼크레스는 이렇게 묻는다.

"그나저나 약을 찾는 이유는 뭔가요?"

"가까운 사람이 죽었는데 도저히 잊히지가 않고 마음을 진정시킬 수가 없습니다. 오죽하면 여기 이 가게에 찾아와 약을 구하는 것 말고는 달리 해결책이 없었겠어요."

"아, 네…… 그렇다면 스트리크닌을 권해드려야겠군요. 마전자馬錢子 추출물인데, 삼키자마자 기억을 잃게 되지요…… 더 이상 고통도 회환도 못 느끼실 겁니다…… 그런 다음 마비증세가 발전해서 아무것도 기억 못 하는 상태 그대로 숨이 막혀 죽게 되지요. 바로 손님 같은 분한테 제격인 약이라고 할 수 있습니다."

"마전자라……."

잔뜩 슬픔에 찌든 목소리로 그렇게 중얼거리면서 손님은 축 처진 눈꺼풀을 손바닥으로 훔친다.

뤼크레스는 내친김에 더 늘어놓는다.

"만약 손님께서 마지막 순간을 천천히 기다리는 게 더 좋다고 하시면, 직접 자신이 취할 독약을 제조해보는 방법도 있습니다. 많은 여자들이 죽음을 준비하면서 고통을 새김질하는 것에 상당한 매력을 느낀다지요. 예를 들자면 디기탈린 같은 독소 말입니다. 저희 가게 신선고에 비치해둔 디기탈리스 잎사귀를 약연에 넣고 빻아보십시오. 아시죠, 축 늘어진 손가락

같은 꽃송이들이 꼭 만신창이가 된 사람의 맥없는 손처럼 생긴 거 말예요. 그걸 고운 가루가 될 때까지 빻은 다음에 물과 섞어 팔팔 끓입니다. 그러고는 다시 식히지요. 뭐 그사이 훌쩍이던 코도 좀 시원하게 풀어버리고 자초지종을 해명할 편지도 쓸 수 있겠습니다만…… 일단 다 식고 나면 한 번 걸러줍니다. 그다음에는 다시 불에 올려놓고 물이 다 증발할 때까지 가열하지요. 결국 백색 결정체의 염분이 남게 되는데 바로 그걸 삼키는 겁니다. 그 약의 장점은 값이 싸다는 점이지요. 한 병에 2.5유로니까요! 그런가 하면 마전 가지에서 쿠라레를 추출할 수도 있고, 검은 호랑가시나무 열매로부터 테오브로민을 뽑아낼 수도 있어요…….”

봇물처럼 터져나오는 설명에 손님은 정신이 다 몽롱할 지경이다.

“저기요, 당신이라면 무얼 선택하겠습니까?”

“아, 저요, 그야 모르지요…….”

문득 튀바슈 부인의 진지하면서 아름다운 눈은 저 앞 아주 먼 곳을 응시하듯 허공을 향한다. 마치 더 이상 가게 안에 존재하지도 않는 것처럼 보인다.

"우리 역시 절망할 때가 있답니다. 세상 하직하고픈 이유가 없는 게 아니에요. 하지만 우리가 준비한 상품을 우리 스스로 맛볼 순 없지요. 만약 그랬다간 제일 마지막 사람이 가게 문을 아예 닫아야만 할 테니까요. 그렇게 된다면 손님들은 어쩌란 말입니까?"

그렇게 말하자 튀바슈 부인의 정신이 다시 현실로 돌아온 듯하다.

"제가 아는 건 말이죠, 청산칼리가 혀를 마르게 하고 불쾌감을 불러일으킨다는 사실이에요. 그래서 저는 그걸 제조하면서 입안을 상쾌하게 해주는 박하잎들을 조금 첨가한답니다…… 우리 가게에서 가장 희소한 상품이죠. 그것 말고는 오늘의 칵테일이라는 상품도 있어요! 가만있자, 아침에 내가 뭘 만들었더라?"

튀바슈 부인은 창문 빗장에 걸어둔 석판을 돌아본다. 그 위에 분필로 적힌 글씨는 '모래 상인'이란 상품명이다.

"아, 맞다, '모래 상인'! 왜 진작 그 생각을 못 했을까? 요즘은 내가 정신을 어디다 두고 다니는지 모른다니까 글쎄! 마담, 아무래도 만지는 거하고 흡입하는 거, 삼키는 거 세 가지 중 결정이 힘드신 것 같은데, 그 세 가지를 한데 혼합한 상품이 있답니다. 즉, 벨라도나하고 '치명적인 서릿발'하고 '사막의 숨결'을 합친 것이죠. 마지막 순간에 어떤 방식을 선택하든, 다시 말해서 이 칵테일을 마시든, 만지든, 냄새를 맡든 약효는 어김없이 돌게 되어 있답니다."

"음, 좋군요! 그걸로 하겠어요."

마침내 손님의 마음이 정해진다.

"옳지, 당연히 그래야지…… 아이고, 내가 뭐라는 거야! 제 말은 그게 아니라 '꼭 마음에 드실 거라는 말씀'이죠. 휴…… 실은 요즘 저 아이 때문에 제정신이 아니랍니다!"

뤼크레스는 밧줄들을 놓아둔 선반 앞에서 머리에 두 손을 얹고 다리를 꼬고 서 있는 알랑을 턱으로 쓱 가리키며 푸념을 내뱉는다.

"손님도 물론 아이 있으시죠?"

"정확히 말하자면…… 한 명 있었습니다. 언젠가 이 가게에
와서 22구경 소총 탄알을 한 발 사갔죠."

"아…….."

"그 애는 만사를 어둡게만 보았습니다. 나로선 도저히 걔를
행복하게 해줄 수 없었어요……."

튀바슈 부인은 아주 난처한 표정으로 얘기를 시작한다.

"글쎄요, 저희 막내아이에 대해선 얘기가 조금 달라지겠군
요…… 쟤는 삶을 무조건 장밋빛으로 보니까요, 이해하시겠
어요? 뭐 그럴 만한 게 있다고, 내 참! 도무지 어떻게 그게 가
능한지 모르겠어요. 물론 늘 우울해하는 다른 두 아이들과
마찬가지로 키웠다는 것만은 분명히 말씀드릴 수 있습니다.
그런데도 쟤만 항상 세상의 밝고 좋은 면만을 보려고 하는
거예요 글쎄……."

뤼크레스는 부아가 나는지 부들부들 떨리는 손을 머리 위

로 쳐들며 한숨을 내쉰다.

"이를테면 애를 타락시킬 만한 텔레비전 뉴스를 억지로 보게 만드는데, 어쩌다 250명의 승객을 태운 여객기가 사고를 일으켜 그중 247명이 죽었다고 하는데도 쟤는 거기서 살아난 사람들 생각만 하더라 이겁니다! (그러면서 튀바슈 부인은 아들 흉내를 낸다) '아, 엄마, 생명이 얼마나 멋진 건지 보셨죠! 하늘에서 떨어졌는데도 세 명이나 멀쩡하대잖아요' 이러면서 말입니다…… 남편도 저도 도저히 감당이 안 되는 애예요. 솔직한 얘기로 이 가게에 매달리는 것만 아니라면 우리도 벌써 몇 번은 '모래 상인'을 복용했을 겁니다!"

얘기를 듣던 중 흥미를 느꼈는지 손님이 알랑에게 다가간다.

"여기 이 아인가요?"

순간 아이는 금발의 곱슬머리가 찰랑한 얼굴을 돌려 여자를 쳐다본다. 가만 보니 넓적한 반창고가 아이의 입을 완전히 봉하고 있다. 분홍빛 표면에는 아주 심술궂게 생긴 입과 그 새로 날름 내민 혀가 사인펜으로 그려져 있는데, 아래로 축 처진 모양새가 몹시 불쾌한 감정을 표현하고 있다.

'모래 상인' 약병을 포장지에 싸면서 아이의 엄마가 사정을 설명해준다.

"그 애 형인 뱅상이 그려 넣은 거랍니다. 혀 내미는 얼굴로 만들어놓는 데 난 그다지 찬성하는 입장은 아니었지만, 그래도 툭하면 삶이 아름답다며 웃어젖히는 소리 듣는 것보단 그 편이 훨씬 낫더군요……."

손님은 반창고를 찬찬히 살핀다. 가만 보니 입술 모양에 따라 살짝 들어간 주름으로 추정컨대, 겉의 괴팍한 인상과는 상관없이 아이는 웃고 있는 게 틀림없다. 그걸 아는지 모르는지 뤼크레스는 포장꾸러미를 쓱 내밀며 말한다.

"벌받고 있는 겁니다. 학교에서 자살자에 대한 질문이 있었던 모양이에요. 근데 쟤가 뭐란 줄 아십니까? 아 글쎄, '자, 살자!'라고 하는 사람이라나 뭐라나, 그랬다는 거 아닙니까!"

06

앙상한 몰골로 앉아 있는 뱅상의 헐렁한 젤라바(두건 달린 긴 소매 옷)에는 폭탄 그림이 그려져 있다. 심지마다 노랗고 파란 불꽃이 바지직 타들어가고 있는 막대 모양의 다이너마이트 들과 공 모양의 검은색 폭탄 그림이다. 뱅상의 나이는 이제 스무 살. 방의 벽에는 아무런 장식도 없다. 비좁은 침대 맞은 편, 벽에 등을 기대고 어질러진 탁자에 팔꿈치를 괸 그의 부들부들 떠는 손에는 풀통 하나가 들려 있다. 튀바슈 가의 맏아들인 그의 턱과 입가엔 까칠하니 짧고 붉은 수염이 돋아 있고 두드러진 눈두덩엔 짙은 눈썹이 촘촘하다. 뭔가 억눌린 듯 불규칙한 숨소리와 어딘가에 삐딱하게 고정된 시선은 왠지 비극적 음영이 잔뜩 드리운 그의 내면을 드러내는 듯하다. 벨포붕대는 격렬한 두통에 시달리는 그의 두개골을 단단히 옥죄고 있다. 툭하면 피가 나도록 깨물어서 갈색 피딱지가 덕지덕지한 아랫입술과는 달리, 윗입술은 무척이나 섬세하고 빨간 편이다. 그것은 마치 중앙 기둥을 중심으로 펼쳐진 곡마단 천막처럼 가운데 두 지점이 봉긋 솟은 채 근사한

입술 선을 이루고 있다. 그의 앞 탁자 위에는 만들다 만 음산한 모형물이 놓여 있고 뒤에 등 쪽으로는 벽 너머 무슨 소리가 들리고 있다.

"두-룰루 두-루 두-루룰루……."

뺑상은 갑자기 주먹으로 모형물을 내리쳐 박살내버린다.

"엄마!!!"

"왜 그러니?"

튀바슈 부인은 부엌에 있다.

"알랑이 또 쾌활한 노래를 틀고 있잖아요!"

"오, 저런…… 아, 이 비웃음거리를 키우느니 차라리 살무사라도 한 뭉치 내깔겨버릴 것을!(보들레르의 시 「축복」의 한 구절)"

뤼크레스는 복도를 걸어 나와 동생 방문을 활짝 열면서 으르렁댄다.

"제발 좀 그만둘래!? 그딴 어리석고 까불대는 노래 따위는 듣고 싶지 않다고 몇 번을 말해야 하니! 장송곡 같은 좋은 음악은 무슨 개나 들으라고 있는 줄 알아?! 네가 그런 허접한 걸 틀어놓고 듣는 동안 네 형이 얼마나 기분 상하고 머리가 빠개지도록 아픈지 잘 알잖니!"

튀바슈 부인은 그렇게 계속 쏘아대면서 뱅상의 방으로 건너간다. 아니나 다를까 방은 산산조각 난 모형물의 잔해로 온통 어질러져 있다.

"브라보, 꼴좋다! 네 녀석 그 잘난 음악 때문에 여기 어떤 사태가 벌어졌는지 좀 봐라! 정말 잘했다, 잘했어!"

언제 왔는지 튀바슈 씨도 가세한다.

"무슨 일이야?"

그 뒤로 마릴린도 주춤주춤 따라 나와 있다. 이제 세 사람(뤼크레스, 마릴린 그리고 미시마)이 뱅상을 에워싸고 서 있는 꼴이다.

"무슨 일인고 하니 당신 막내 자식이 또 일을 저질렀지 뭐예요!"

고래고래 악을 쓰는 아내에게 남편이 지지 않고 대꾸한다.

"걔는 내 자식이 아니야. 내 자식은 여기 이 뱅상뿐이라구. 애야말로 진정한 튀바슈 가문의 자손이지."

그러자 곧장 마릴린이 묻는다.

"그럼 저는요, 제가 있을 자리는 어디죠?"

미시마는 딸의 질문엔 아랑곳하지 않고 붕대를 감은 맏이의 머리를 쓰다듬으며 챙긴다.

"그래, 대체 무슨 일이냐? 네가 모형물을 이 꼴로 만든 거니?"

딸은 계속해서 물고 늘어진다.

"무슨 모형물인데요?"

"자살 테마파크 모형물이야……."

뱅상이 흐느끼듯 대답했지만 마릴린의 질문은 계속된다.

"무슨 모형물?"

07

"그건 말이야…… 삶을 끝장내고자 하는 사람들만을 위한 일종의 유원지 같은 곳을 말하지. 이를테면 사격장 시설이 있고 거기서 사람들이 돈을 내고 스스로 과녁이 되는 거야."

뱅상의 얘기에 귀 기울이면서 미시마는 침대에 걸터앉아 중얼거린다.

"내 아들, 과연 천재로고!"

"아주 치명적인 테마파크라고 할 수 있지요. 길목마다 여기저기 사고파는, 독이 든 감자튀김 연기와 버섯 냄새 속에서 고객들의 뺨에는 눈물이 주르륵 흐르고요……. '알광대버섯이요, 알광대버섯이요!'"

뱅상이 방 안에서 고래고래 소리를 지르자 뤼크레스와 마릴린은 덩달아 그 분위기에 휩쓸려 진짜 버섯 냄새라도 맡는 기분이다.

"손풍금들이 여기저기 서글픈 곡조를 연신 뱉어내는 동안, 이탈식 롤러코스터는 마치 장난감 새총이라도 되듯 사람들을 도시 저 너머로 날려버릴 거예요. 아주 높다란 방책 위에서는 연인들끼리 손을 맞잡고 깎아지른 절벽에서 투신하듯이 홀쩍 뛰어내릴 거구요."

마릴린은 두 손을 비비면서 오빠의 얘기를 귀담아듣고 있다.

"쇠살문이 등 뒤로 덜컹덜컹 닫히면서 감전사와 익사 같은 기발하고도 하나같이 치명적인 덫들이 득실거리는 가운데, 가짜 고딕 성채 안을 질주하는 유령 열차의 시끄러운 바퀴 소리와 더불어 흐느끼는 듯한 웃음소리가 흘러 다닐 겁니다. 절망한 자와 함께 온 친구나 부모는 결국 한 줌 재가 담긴 유골 상자를 안고 떠나야 할 거예요. 코스가 다 끝나는 지점에는 으레 화장시설이 갖춰져 있을 테니까요."

"아…… 굉장하구나!"

미시마가 자기도 모르게 중얼거린다.

"아빠는 보일러에 불을 때고 엄마는 사람들에게 표를 팔겠죠……."

"그럼 나는? 나는 무슨 일을 하지? 내가 필요한 곳은 어디야?"

마릴린이 애타게 묻자 뱅상 튀바슈는 고개를 정확히 4분의 3 정도 돌려 동생을 바라본다. 순간 붕대를 친친 감은 두 개골 아래 그 엄청난 고뇌로부터 뿜어나오는 광채 어린 시선의 어마어마한 위력이란! 어둔 방의 작은 창문을 통해 바깥 네온사인의 미친 듯한 황색 불빛이 그의 얼굴을 후려치듯 비춘다. 그에 따라 얼굴 이곳저곳이 창백한 초록빛을 띠어가고 붉게 보이는 까칠한 수염은 마치 별들의 붓 터치로 그려진 것 같다. 인공적인 광채에 과다노출된 상태에서 자기파괴의 무시무시한 열정으로 부들부들 떠는 그의 머리 뒤로는 격렬한 후광 같은 것이 비쳐 보인다. 주위를 에워싼 세 사람 역시 가슴 찢는 격정에 사로잡혀 있기는 마찬가지다. 빛은 이제 서서히 변해 완연한 붉은색을 띠고 있다. 뱅상은 폭파로 인한 후폭풍에 휩싸인 듯이 갑자기 고개를 떨구며 중얼거린다.

"꿈을 꾸었다가 깨어나고 다시 잠들어 똑같은 꿈속을, 똑같은 환상 속을, 똑같은 광경 속을 헤매는 것 같습니다……."

"그 모든 설계를 도대체 얼마나 오랫동안 네 머릿속에 품어

왔던 거니?"

엄마의 질문을 들었는지 못 들었는지 아들은 계속해서 중얼거린다.

"길목마다 사악한 마녀로 변장한 여자 종업원들이 불쑥불쑥 나타나 독이 든 사랑의 과실을 손님들에게 권하지요. '자요, 마드모아젤! 독이 든 이 사과를 한입 먹어보세요······' 그러고는 또 다른 손님에게로 옮겨갑니다······."

"아, 그건 내가 할 수 있겠다! 난 못생겼잖아!"

마릴린이 기다렸다는 듯 소리친다.

뒤바슈 가의 맏아들은 그렇게 자신의 모든 계획을 털어놓는다. 높이 28미터에 이르는 순간 객차 바닥이 덜컥 열리는 대회전식 관람차라든가 급강하 직후의 상승레일이 최고점에 이르러 갑자기 끊기는 미완성의 거대한 8자형 롤러코스터 등등······ 그렇게 산산조각 난 테마파크의 꿈이 끝없는 중얼거림 속에 재현되는 사이, 방금 자기 방에서 나온 동생 알랑은 "Don't worry, be happy!"(바비 맥퍼린의 아카펠라 노래)를 손가락까지 퉁겨가며 흥얼흥얼, 활짝 열린 문 앞을 지나쳐 간다.

기겁을 한 뤼크레스 튀바슈, 막내를 향해 휙 돌아보자마자 온갖 욕설을 내뱉으며 허공에다 주먹질을 해대는데⋯⋯ 아들 알랑의 딱딱거리는 손가락 박자는 그녀나 남편 모두에게 천길 나락과도 같이 끔찍할 따름이다.

08

"사실 말입니다, 우린 셋째 아이를 원하지 않았어요. 그 아이는 구멍 난 콘돔을 시험해보다가 태어난 거라구요. 아시죠 왜, 섹스를 통해 감염되어 죽고 싶은 사람들에게 파는 물건 있지 않습니까!"

뤼크레스는 이런 어이없는 경우가 어디 있냐는 듯 고개를 쳐든다.

"딱 한 번 시험해본다는 것이 그만…… 이렇게 재수 없을 수가 있냔 말입니다!"

"아, 그거요! 저희 '죽어도 상관 안 해' 상사의 콘돔은 무엇보다 구멍이 송송 뚫려 있다는 점을 자신 있게 보장하는 제품입니다. 우리를 확실하게 믿으셨어야죠."

"하지만……."

판매원의 대답에 뤼크레스는 할 말을 잃은 듯 탄식만 내뱉는다.

순간 알랑이 가게 안으로 뛰어들며 정신없이 떠들어댄다.

"봉-주-르 엄마! 봉-주-르 아빠! 봉-주-르 무슈! (판매

원 아저씨한테까지 아무 거리낌 없이 달려들어 볼에 뽀뽀를
한다) 보셨어요? 비가 와요! 아주 좋은 일이죠. 물이 부족하
던 참인데 말예요!"

"그래 학교는 어땠니?"

엄마가 못마땅한 얼굴로 묻는다.

"아주 좋았어요. 음악시간 내내 내가 노랠 불러서 반 아이
들을 죄다 웃게 만들었거든요."

"보세요, 제가 뭐랬습니까……."

튀바슈 부인이 돌아보며 하소연하자, 판매원은 방금 뽀뽀
받은 볼을 훔치면서 말한다.

"그러게요, 만만한 경우는 아니로군요…… 그래도 다른 두
아이들까지 저렇진 않겠죠?"

"물론이죠. 걔들이라면 손님을 보고도 그냥 한숨이나 쉬
며 지나칠 거고, 어쩌다 옷깃을 스쳐도 실례한다는 말 한마
디 없을 거예요. 맏이는 식욕이 너무 없는 게 탈이지만, 거의
항상 자기 방에 틀어박혀 우리한테 만족만을 준답니다. 우리

가엾은 마릴린은 이제 곧 열여덟 살인데, 자기 자신을 항상 못생기고 쓸모없는 계집애라 생각하죠. 더위를 잘 타고 언제나 땀을 흘린답니다. 자기가 있어야 할 곳을 늘 찾아 헤매는 아이죠."

"음…… 그렇군요……."

'죽어도 상관 안 해' 상사의 신입 판매원은 가방을 열어 주문접수장을 꺼내면서 건성으로 중얼거린다.

그러고는 처음으로 건물 내부를 찬찬히 살피기 시작한다.

"참 좋은 가게를 가지고 계시군요. 더군다나 주변이 온통 고층건물들이라 더욱 놀랍습니다. 정말이지 베레고부아 대로에서 가장 멋진 가게임에 틀림없어요! 게다가 바깥에서 보면 가게 전면이 무척 흥미롭습니다. 지붕에 솟은 좁다란 탑은 대체 뭔가요? 혹시 가게를 차리기 전에 이곳이 성당이나 교회 같은 데였나요?"

"글쎄요, 어쩜 회교사원이나 절간이었을지도 모르죠. 그걸 누가 알겠어요…… 각 층마다 복도를 따라 죽 늘어선 방들을 보면 무슨 성직자들의 숙소가 생각나는 게 사실이니까요. 그런 게 나중에 가서 식당도 되고 부엌도 되고 침실도 되고, 그랬을지 모르죠. 좌측 층계참에는 자그마한 문이 있는데 탑에 오르는 낡은 나선형 돌계단으로 직접 통하게 되어 있답니다. 하지만 거긴 아무도 가질 않죠. 저 안쪽으로는 말하자면 성당의 성기실聖器室이었을 만한 장소가 있는데 거기가 바로 제가 독약을 제조하는 곳이랍니다."

판매원이 주먹으로 벽을 두드리자 쿵쿵 울린다.

"전체 벽을 다 석고보드로 덮으신 모양이죠? (그러고는 상품 진열대를 들여다보며 일일이 한마디씩 한다) 한가운데 이중 선반에다 양쪽 벽면마다 단일 선반 하나씩이라…… 고풍스러운 델프트 도자기 타일바닥에 천장에는 영안실용 조명…… 실내공기도 이만하면 깨끗하고, 정말 신경 많이 쓰셨군요! 자살용 밧줄은 여기 있고……."

"그러잖아도 마침 삼을 다시 주문하려던 참이올시다. (그때까지 잠자코 있던 미시마가 불쑥 끼어든다) 나는 매일 저

녁마다 텔레비전 드라마를 보면서 내 손으로 직접 밧줄 꼬는 걸 즐기죠. 사람들이 수제품을 좋아하기도 하고요. 1년 전만 해도 공장제품을 썼는데, 다들 걸상에서 떨어지고 말았다더 군요."

"그럼 한 봇짐 갖다드릴까요?"

판매원이 주문접수장에 끼적이며 묻자, 좌측 벽의 약병 선반 앞에서 뤼크레스도 한마디 한다.

"청산칼리도 갖다주세요. 거의 다 바닥났거든요. 비소도 한 50킬로그램짜리로 한 부대 갖다주시고요."

"30사이즈 기모노도 한 벌 적어두세요."

미시마가 얼른 덧붙인다.

부부 두 사람의 주문을 하나하나 적으며 가게 안을 살피던 판매원의 발걸음이 신선고 앞에서 뚝 멈춘다.

"어, 근데 여긴 어째 썰렁하네요. 디기탈리스 이파리 몇 장 하고 호랑가시나무 열매 몇 개, 반짝거리는 끈적버섯, 황갈 색 미치광이버섯은 있는데 동물은 많지가 않네요……."

판매원의 말에 미시마가 설명해준다.

"아, 그거요…… 비록 황금개구리라든가 살모사나 검정파 부거미 정도지만, 그동안 동물들을 팔아서 조금 문제가 있었 거든요…… 무슨 문제인고 하니, 사람들이 워낙 외롭다보니 까 우리가 판 동물들한테 필요 이상으로 애착을 갖더라 이 겁니다. 근데 참 신기한 것이, 동물들이 그걸 느끼고는 사람 을 물지 않더라는 거예요. 전에 한번은 무슨 일이 있었냐 하 면, 뤼크레스 당신도 아마 기억할걸! 어느 여자 손님이 살인 땅거미를 사갔다가 한참 지난 후에 다시 가게에 온 적이 있 었죠. 그때 내가 얼마나 놀랐던지! 그 손님이 내게 바늘도 판 매하느냐고 묻는 거예요. 난 또 그걸로 눈이라도 찌르려나보 다 했죠. 한데 그게 아니라 자기가 드니즈라 부르는 그 독거 미가 신고 다니게 면으로 반장화를 떠줄 생각이라는 겁니다. 어쩌다 둘이 아주 절친한 친구 사이가 되어버린 거죠. 아예 가방 속에 자유롭게 풀어 넣고 다니더라구요. 그러다 꺼내서 자기 손 위를 기어다니게 하고 말이죠. 그래서 내가 어서 치우라고 하자, 킬킬대면서 이러는 겁니다. '드니즈가 내게 사는 맛을 다시 찾아주었다니까요…….'"

그러자 뤼크레스가 한술 더 뜬다.

"전에는 또 이런 적도 있었답니다. 인생 다 산 어떤 남자가 우리 가게에서 스피팅코브라를 샀는데 녀석이 자기한테는 전혀 독액을 뱉지 않는다는 거예요. 그래서 결국 이름을 샤를 트레네(유명한 샹송 가수)로 지어주고 서로 친구하기로 했다더군요. 차마 아돌프라고 부르지는 못했나보죠?! 우리는 아이들한테 유명한 자살자들 이름을 따서 부르거든요. 뱅상Vincent은 반 고흐의 이름이죠. 또 마릴린은 먼로의 이름이죠……."

"근데 왜 막내는 알랑인 거죠?"

판매원이 돌발질문을 했으나 뤼크레스는 자기 생각에 파묻혀 계속 수다를 떤다.

"그 손님, 같은 값이면 자기 뱀 이름을 니노 페레(유명한 샹송 가수, 권총자살로 생을 마감했다)로 지을 수도 있었을 텐데 말이죠. 그랬다면 그나마 이해가 갈 것 아닙니까……."

"아, 정말이지 동물들은 문제가 많았어!"

다시 미시마가 불쑥 끼어든다.

"황금개구리가 상자를 빠져나갔을 때 가게를 온통 쑥대밭으로 만들면서 어찌나 팔짝팔짝 뛰어다니던지! 게다가 자칫 손에 닿으면 우리가 죽기에 그물을 써서 잡는 것이 여간 까다로운 게 아니었지요. 그래서 이젠 동물은 취급 안 할 겁니다. 신선고를 어떻게 해야 할지 정말 골치예요."

그렇게 부모님과 판매원 사이에 얘기가 오가는 동안 알랑은 아파트로 오르는 계단에 걸터앉아 작은 플라스틱 막대 끝에 달린 동그란 고리 안을 후후 불고 있다. 그로부터 폴폴 생겨난 색색 비누거품들이 반짝거리면서 '자살가게' 안을 둥둥 떠다닌다. 눈치 없게도 선반 사이까지 물결치듯 떠다니는 비눗방울들을 미시마는 고개를 끄덕끄덕하며 눈으로 좇고 있다.

조금 큼직한 비눗방울 한 놈이 슬금슬금 날아오더니 하필 판매원의 눈썹에 앉자마자 탁하고 터진다. 판매원은 얼른 눈을 비비코는, 잔뜩 인상을 찌푸린 채 계산대 위에 놓여 있는 자기 가방 앞으로 다가간다.

"댁의 골치 아픈 아이에 대해서는 제게 좋은 생각이 하나 있습니다."

"누구요? 알랑 말인가요?"

뤼크레스가 눈을 끔뻑이며 묻는다.

"아, 걔는 아니고요…… 따님 말씀입니다. 저희 '죽어도 상관 안 해' 상사에서는 따님 같은 사람을 위해 전혀 위험이 없는 신상품을 최근 출시했거든요."

"우리 딸한테 위험이 없는 신상품이라……."

09

"오늘은 11월 1일…… 생일 축하한다, 마릴린!!!"

엄마가 철제 쟁반 위에 관 모양의 생일 케이크를 받쳐 들고 부엌에서 걸어 나온다. 아빠는 식당 원탁 앞에 앉아 샴페인 마개를 딴 뒤, 딸에게 한 잔 따라주며 한마디 한다.

"이제 앞으로 살아야 할 날이 1년 줄었다는 얘기다!"

잔의 가장자리를 따라 보글보글 기어오르던 샴페인 거품은 마릴린 튀바슈가 손가락을 갖다대자 금세 잦아든다. 가족끼리의 저녁 식탁에서 먹다 남은 음식들 가운데 케이크는 단연 음침한 모습으로 떡하니 자리를 차지하고 있다. 언제나 그렇듯 텅 빈 채 놓여 있는 자기 접시에 손도 대지 않고 앉아 있는 뱅상에게도 미시마는 모처럼 샴페인을 한 잔 권한다.

"전 괜찮아요, 아빠. 목이 마르지 않아요."

미시마는 이어서 알랑의 잔에도 몇 방울 따라준다.

"자, 만날 정신 나간 애처럼 하고 있는 너도 좀 마셔봐라…… 이제 네 누나도 어린 시절을 마무리한 셈이니까 축하해줘야지. 벌써 그렇게 됐구나."

초콜릿우유 빛깔 케이크의 옆면은 꼭 화장용 포플러 목재에 니스를 칠한 것처럼 보인다. 몰딩처럼 장식을 둘러 검정 카카오로 덮은 뚜껑은 마호가니 판자 같은 느낌이다. 길이 3분의 2 정도 되는 지점부터 빠끔히 개방된 속으로는 거품을 낸 생크림 베개 위에 장밋빛 아몬드페이스트로 만든 사람 머리가 뉘어 있고, 레몬 껍질로 된 금발이 환히 빛나고 있다.

"어머, 나잖아! 엄마, 너무 멋져요!"

마릴린이 당장 손으로 입을 가리며 외치자 뤼크레스는 겸연쩍은 듯 대꾸한다.

"난 별로 한 게 없단다. 모두 다 뱅상이 아이디어를 내고 일일이 그려준 대로 했을 뿐이지. 네 오빠가 가엾게도 음식물을 싫어해서 직접 케이크를 만들진 못했지만 초는 전적으로 오빠 솜씨란다."

1과 8 모양을 본딴, 노끈처럼 배배 꼰 베이지색 초 두 개가 나란히 빛나고 있다. 마릴린은 조용히 1을 뽑아서 8 다음에 다시 꼽고는 중얼거린다.

"여든한 살이면 더 좋겠어……."

그리고 자기 존재를 단숨에 없애버리듯이 훅하고 불어 끈다. 미시마가 박수와 함께 소리친다.

"자자, 이제 선물 시간이다!"

말이 떨어지기 무섭게 부엌에서 냉장고 문 여닫는 소리가 나는가 싶더니, 엄마가 마치 대맥당을 한 겹 바른 듯 번들번들한 포장지 꾸러미를 하나 들고 온다.

"마릴린, 이 요란법석 떠는 꼬락서니를 용서해다오. 실은 알랑에게 부고통지서처럼 검은 테를 두른 백색 포장지를 사오라고 시켰는데 말이다. 애가 글쎄 이렇게 정신 나간 광대 그림이 그려진 포장지를 골라 오지 않았겠니. 너도 네 동생이 어떤 앤지 잘 알지? 자, 우리 맏딸…… 아빠 엄마가 주는 선물이다!"

이처럼 축하받을 줄은 몰랐던 마릴린, 잔뜩 흥분한 상태로 포장지를 풀어 선물을 확인한다.

"주사기네요? 안에 든 건 뭐죠? 꼭 물 같은데……."

"맹독이란다."

"오, 엄마! 아빠! 그러니까 죽음의 선물이군요! 정말 제가 저 자신을 파괴할 수 있을까요?"

"저런, 천만에! 너를 파괴하라는 게 아니다! (뤼크레스는 기가 막힌 듯 하늘을 쳐다본다) 네가 입을 맞추는 모든 사람들을 파괴하는 거야."

"어떻게요?"

"'죽어도 상관 안 해' 상사에서 요즘 막 출시한 독액을 우리한테 권하더구나. 그걸 정맥에 주사하면 너 자신은 아무 탈이 없지만 차츰 네 침샘에서 독이 만들어지고, 키스를 하면서 너는 그 독액을 사용하게 되는 거란다. 너와 입을 맞추는 모든 사람들은 죽음을 맞이하게 되는 거지……."

미시마가 말을 잇는다.

"그리고 넌 항상 이 가게에서 네가 있어야 할 자리를 찾지 않았니? 그래서 말인데, 엄마와 난 너에게 앞으로 신선고 일체를 맡기기로 결정했단다. 너는 거기에 있으면서 너를 찾는 사람들에게 죽음의 키스를 선사하면 되는 거야."

그때까지 자리에 축 늘어진 듯 앉아 있던 마릴린은 이제 감격에 겨워 부들부들 떨리는 몸을 추스르며 자세를 바로 한다. 미시마는 또 덧붙이는 말을 잊지 않는다.

"대신 이 아빠 엄마한테는 절대로 키스하면 안 된다는 걸 명심해야겠지……."

"하지만 엄마, 어떻게 자기 자신은 중독되지 않고서 독을 품을 수가 있죠?"

딸의 질문에, 독에 관한 한 전문가나 다름없는 뤼크레스의 대꾸가 곧장 날아온다.

"그럼 독 있는 동물들은 어떻게 하겠니? 뱀이나 거미 등등 모두 자기 아가리 속에 죽음을 넣고 다니면서도 잘만 살지 않니. 너도 하나 다르지 않을 거야."

아빠는 딸의 팔꿈치 바로 위를 지혈기로 죄기 시작한다. 마릴린은 주사기 펌프를 톡톡 두드려 바늘 끝으로 독액이 똑똑 듣는 걸 살핀 다음, 알랑이 휘둥그레 바라보는 가운데 제 손으로 직접 자기 팔에 주사를 놓는다. 어느새 그녀의 눈에 그렁그렁 눈물이 맺힌다.

"샴페인 때문이에요!"

마릴린이 변명처럼 중얼거리는데, 미시마는 아랑곳하지 않고 아들들을 돌아보며 한마디 한다.

"좋아, 얘들아 너희는 뭐 준비한 선물 없나?"

머리에 붕대를 감은 말라깽이 뱅상은 식탁 밑에서 큼직한 꾸러미를 꺼낸다. 마찬가지 광대 모습이 판치는 포장지를 마릴린은 후닥닥 풀어헤친다. 그런 동생을 보며 오빠는 자신이 준비한 독특한 선물이 얼마나, 어떻게 유용한지 차근차근 설명을 시작한다.

"탄소 처리된 완전 밀폐 오토바이 안전모야. 절대 부서지지 않지. 내부에는 두 개의 다이너마이트가 장착되어 있단다. 엄마 아빠가 우리 스스로 자신을 파괴하도록 허락할 경우, 너는 이 안전모를 쓰고 턱밑을 끈으로 받쳐 맨 뒤, 내부 다이너마이트 폭발 단자에 연결된 두 줄의 전선을 잡아당기기만

하면 되는 거야. 그러면 사방에 전혀 파편이 튀지 않으면서 네 두개골은 안전모 속에서 산산조각 나는 거지."

"그렇게 자세한 부분까지 생각해내다니…… 정말 섬세하구나!"

뤼크레스의 환호에 미시마도 기꺼이 감탄을 내비친다.

"내 할아버지께서 꼭 너 같았단다. 아주 창의적이셨지…… 그래, 알랑 너는 뭘 준비했니?"

아빠의 말에 열한 살 먹은 아이가 꺼내든 것은 넉넉한 크기의 흰색 비단 스카프다. 마릴린은 역시 와락 달려들더니 다짜고짜 둘둘 말아 목에 두르며 외친다.

"와, 목매달 때 쓰는 줄인가봐!"

"아닌데…… (알랑은 빙그레 웃으면서 직접 선물을 어떻게 사용하는지 보여준다) 이렇게 조금 느슨하게 하는 거야. 너울거리게 말이야. 그래서 목하고 어깨, 가슴까지 은은한 구름처럼 감싸야 하는 거라구."

"그건 또 어떻게 산 거니?"

뤼크레스는 툭 내뱉고는, 관 모양의 케이크 한 조각을 잘라 뱅상에게 건넨다.

"전 괜찮아요, 엄마."

"그동안 푼푼이 모은 돈으로 산 거예요."

알랑이 뒤늦게 대답하자 엄마가 다시 묻는다.

"1년 내내 돈을 모았단 말이냐?"

"네."

순간 뤼크레스는 케이크 자르던 칼을 쥔 채 그대로 멍하니 있더니, 잠시 후 이렇게 툭 내뱉고는 다른 한 조각을 또 자른다.

"흥, 재미없구나……."

"그래, 정말이지 쓸데없는 데 돈을 써버린 거야……."

아빠도 한마디 한다.

마릴린은 식구들을 한차례 둘러보고는 스카프를 천천히 목에 두르며 말한다.

"비록 모두한테 뽀뽀는 못 해주지만, 마음은 늘 그러고 있어요……."

10

밤이 되자 마릴린은 방 안에 틀어박혀 옷을 모두 벗는다. 그리고 '잊혀진 종교' 단지로 향한 어스름한 창문 앞에 서서 흰색 비단 스카프를 이리저리 희롱하고 있다. 저 앞 모세 동, 예수 동, 제우스 동, 오시리스 동 할 것 없이 발코니 밖으로 몸을 던지는 사람들…… 무슨 가을 이슬비 같다.

하지만 튀바슈 가의 외동딸은 은은한 스카프를 멋스럽게 두르고 서 있다. 어깨를 두루 감싸는 비단의 감촉은 온몸 움찔하게 만드는 전율을 느끼게 한다. 그녀는 백옥처럼 순수한 스카프 자락을 엉덩이께로 흘러내리게 했다가 다리 사이로 낚아채 눈앞으로, 머리 위 허공으로 홀렁 던져본다. 백색 정사각형 모양의 넉넉한 스카프는 프리마돈나의 우아한 동작을 흉내 내듯 너울너울 펼쳐지다가, '자살가게' 따님의 쳐든 얼굴 위로 낙하산처럼 사뿐히 내려앉는다. 두 눈 꼭 감고 입으로 후 불자 비단은 하늘하늘 다시금 날아오른다. 그 귀퉁이 한쪽을 냉큼 잡아챈 마릴린은 마치 여체를 휘감는 남자의 팔이라도 되는 양 스카프를 휘둘러 아랫배와 허리를 감아 돌게 한다. 아…… 다시금 다리 사이를 파고들어 묘한 소리와 함께 거슬러 오르던 스카프의 움직임이 치모가 소복한 가랑이에 붙잡힌다. 아아…… 평소 축 처진 어깨에 구부정한 자세를 마릴린은 똑바로 곧추세운다. 아아아…… 또다시 휙 잡아챈 알랑의 선물이 가슴을 따라 거슬러 오르며 여태껏 (잘못) 부끄럽게만 여겨오던 유방을 살살 스치자 그녀의 몸은 점점 더 활처럼 젖혀진다. 그러고 보니 두 젖꼭지가 딱딱하게 일어서 있다. 사실 마릴린의 젖가슴은 이미 근사하게 발육된 상태다. 목 뒤로 두 손 깍지 긴 채 창문 앞에 가슴을 온통 드러내고 서 있는 마릴린, 문득 자신의 그런 모습에 깜짝 놀라 정신을 추스른다. 이제 막 바닥에 떨어지려 하는 스카프를 그녀는 얼른 허리를 숙여 매혹적인 종아리 근처에서 아슬아슬 잡아챈다. 허리 아래로 살집 풍만하게 자리잡은 그녀의 엉덩이는 정말이지 눈이 부실 정도다. 또다시 비단의 너울거리는 여정이 재개되고, 오랜 세월 콤플렉스에 찌들 대로 찌들어온 마릴린은 자기 육체의 의심할 바 없는 조화미에 서서히 눈을 뜬다. 이 동네에서 이만한 몸매가 과연 또 있을까? '잊혀진 종교' 단지에 사는 어떤 소녀도 이렇게 예쁜 마릴린과는 도저히 견줄 엄두를 내지 못할 것이다. 이 모든 게 남동생이 건넨 선물 하나로 깨닫게 된 것…… 꿈인들 이보다 감미로울 수 있으리! 온통 전율에 휩싸인 살갗을 희롱하듯 스치면서 한 장 스카프가 벌이는 환각의 춤이 육감적으로 이어진다. 마릴린으로서는 난생처음 느껴보는 절정의 기운 속에서 눈꺼풀이 파르르 뒤집히려 한다. 무얼 또 느끼려는 것인가? 이러다 정녕 마릴린 먼로가 환생이라도 하려는가? 반쯤 벌어지는 그녀의 입술 새로 가느다란 실처럼 늘어지는 타액…… 치·명·적·인.

11

상중喪中 영업합니다

출입구 바깥쪽을 향하도록 흡착패드로 부착된 자그마한 팻말이 흔들거리면서 요란한 종소리가 울린다. 문틀 상단에 매달린 쇠로 만든 작은 해골 모형의 종에서 진혼의 음산한 곡조가 그렇게 흘러나오고 있다. 뤼크레스가 얼른 고개를 돌리자 이제 막 문을 들어서는 어린 여자 손님 한 명이 눈에 들어온다.

"어머, 나이가 얼마 안 돼 보이네. 지금 몇 살이니? 열둘? 열셋?"

소녀는 무턱대고 거짓말부터 한다.

"열다섯인데요! 독이 든 사탕 좀 많이 주세요, 아줌마."

"저런, '많이'씩이나! 대단한걸. 우리 가게에서 파는 사탕들은 하나만 먹어도 효과 만점인데 말이야. 설마 반 아이들한테 죄다 나눠주겠다는 건 아닐 테고…… 그렇다고 몽테를랑고등학교라든가 제라르드네르발중등학교 학생들을 전멸시킬 생각은 분명 아닐 테고 말이지!"

뤼크레스는 당과류로 가득한 공 모양의 유리병 뚜껑을 돌리면서 계속 떠들어댄다.

"이게 꼭 권총 탄약 장전하는 것 같아서, 몇몇 단위로밖에는 팔지를 않아요. 어차피 자기 머리에 총알 박아 넣을 사람은 두 개 이상 필요치 않은 법이거든! 그러니 한 상자 두둑이 달라고 하는 사람은 머릿속에 뭔가 다른 꿍꿍이속을 가지고 있다는 얘기지. 우린 말이다, 살인자한테 물건 팔 생각은 전혀 없단다. 자, 한번 골라봐…… 하지만 잘 골라야 한다. 이병 속에 든 사탕 두 개 중 하나만 치명적인 효과가 있거든. 아이들한테만은 한 번의 기회를 주도록 법에 명시되어 있으니말이야."

어린 소녀는 추잉껌과 '꽝'만 나오는 미스트랄 봉지들(작은 봉지에 든 새콤달콤한 가루를 빨대로 다 빨아먹고 '당첨'이 나오면 한 봉지 더 먹고, '꽝'이 나오면 그걸로 끝인 아이들의 군것질거리) 그리고 빨갛고 파랗고 노란 표면을 오랫동안 핥아먹어 천천히 죽음을 유발하는 타나토스 루두두 사탕을 놓고 한참을 망설인다.

창문 앞에 쌓여 있는 깔때기 모양의 큼직한 종이 주머니들은 내용물 모르게 주고받는 일종의 복주머니로, 사내아이들에게는 푸른색이, 계집아이들에게는 빨간색이 돌아가도록 되어 있다. 무얼 골라야 할지 몰라 한참을 머뭇대던 소녀는 마침내 '꽝'만 나오는 미스트랄 봉지를 집어든다.

"근데 넌 왜 죽으려고 하니?"

마침 엄마 곁에 앉아 공책에 커다란 태양을 그리고 있던 알랑이 여자 손님에게 불쑥 묻는다.

"인생이 별로 살 만하지 못한 것 같아서……."

나이로 보면 튀바슈 남매 중 막내뻘이 될까 말까 한 계집아이 입에서 그런 대답이 튀어나온다.

"나 원 참, 누가 아니라니! 안 그래도 입이 닳도록 내 아들 녀석한테 해주는 얘기가 바로 그거란다! (아니나 다를까, 코앞 어린 소녀를 경탄의 눈으로 바라보며 불쑥 끼어드는 뤼크레스, 아들을 향해 한마디 던진다) 이 녀석아, 좀 본받아라, 본받아!"

소녀는 알랑에게 다가와 이렇게 털어놓는다.

"나는 이 세상 모든 사람들로부터 이해받지 못하고 왕따당하고 있어. 엄만 정말 형편없는 사람이지…… 내 휴대전화도 압수했거든. 까짓 몇 시간 사용을 초과했다고 말이야. 도대체 맘 놓고 걸지도 못하면 휴대전화가 다 무슨 소용이 있겠어? 정말 지긋지긋해죽겠어. 나도 50시간 사용권이라도 보장받는다면 초과하거나 그럴 일이 없을 텐데 말이야…… 분명히 엄마는 자기가 전화 걸 사람이 없으니까 괜히 시샘이 나서 딸한테 복수하는 거라구. '넌 대체 왜 나데주한테 몇 시간이고 전화질을 해대는 거냐? 바로 코앞에 사는 앤데 그냥 직접 가서 만나면 될 것 아니야! 어쩌구저쩌구 어쩌구저쩌구……' 그럼 난 뭐야? 내 방에 고이 처박혀 있을 권리도 없단 말이야? 내가 왜 밖으로 나가야만 해? 난 빌어먹을 태양이든 별이든 보고 싶지 않단 말이야! 아무짝에도 쓸모없는 그따위 태양은 지겨워…… (소녀는 알랑이 공책에 그리는 태양을 바라보며 계속 나불댄다) 괜히 덥게만 만들고 사람이 거기 가서 살 수도 없잖아!"

소녀는 다시 계산대로 돌아와 '꽝'만 나오는 미스트랄 값을
지불한다.

"우리 엄만 내가 외출 한번 하려면 옷 입고, 머리 만지고,
화장하는 데 시간이 걸린다는 것도 이해 못 해. 전화할 수 있
는 시간을 거울 앞에서 인생 허비하며 지내고 싶지는 않단
말이야!"

찌릉- 찌릉-

음산한 종소리를 뒤로하고, 소녀는 방금 산 새콤달콤한 군
것질거리를 펼치며(그게 자신이 처한 상황에서 유일한 대응
책이라는 듯) 가게 문을 나선다. 순간 튀바슈 가의 막내가 후
닥닥 일어서더니 소녀의 뒤를 쫓아가 손에 든 것을 낚아채고
는 얼른 자기 입으로 가져간다. 그걸 본 뤼크레스가 계산대
뒤에서 혼비백산 뛰쳐나오며 소리치는 건 당연한 일.

"알랑!"

하지만 그건 허풍이었다! 알랑은 어쩌면 독이 들었을지도

모를 그것을 입에 가져가는 척하면서 사실은 길가 도랑에 쏟아버렸고, 감쪽같이 속은 튀바슈 부인은 하얗게 질린 얼굴로 아들의 팔목을 움켜쥐며 노발대발한다.

"너 이 어미를 놀라게 해서 죽일 셈이냐!"

알랑은 자기를 낳아준 이의 가슴에 뺨을 묻고는 빙그레 웃으며 속삭인다.

"엄마 심장 뛰는 소리가 들려요……."

한편 난데없이 날치기를 당한 소녀, 그 와중에도 슬그머니 유리병을 가리키며 다시 한번 골라보라고 손짓하는 뤼크레스 앞에서 인생이 참으로 불공평하다는 생각을 한다.

마침내 소녀는 또 다른 미스트랄을 꺼냈고 그 자리에서 즉시 삼켰다.

'자살가게' 여주인은 침을 꿀꺽 삼키며 묻는다.

"그래, 어떠니? 입이 마르지 않니? 목구멍으로 뭔가 훅하고 타는 듯한 느낌이 들어?"

"아뇨…… 그냥 달콤새콤할 뿐인데요……."

"그렇다면 오늘이 네 제삿날은 아닌 모양이구나. 다음에 다시 오너라."

그러자 알랑이 불쑥 끼어든다.

"생각이 바뀌면 안 와도 되고!"

"그야 물론이지. 생각이 바뀌면 안 와도 되고말…… 아니, 내가 지금 무슨 말을 하는 거야?!"

흥분이 채 가시지 않은 상태에서 무심코 중얼거리던 뤼크레스가 펄쩍 뛴다.

빙그레 웃고 있는 아들을 억지로 가게 안에 밀어넣으며 그녀가 투덜댄다.

"세상에, 그런 멍청한 소리를! 이 녀석 때문에 나까지 돌아버리겠어……."

12

"사람들이 종종 묻곤 하죠. 왜 우리가 막내 이름을 하필 알랑Alan이라고 지었는지. 실은 앨런 튜링 때문이랍니다."

"누구요?"

당황한 기색이 역력하고 어딘지 잔뜩 우울해 보이는 뚱뚱한 부인이 묻자 뤼크레스는 차근차근 설명해준다.

"앨런 튜링이라고 모르시나보죠? 초기 컴퓨터의 아버지로 여겨지는 영국인인데 동성애 취향 때문에 법적인 수모까지 당했던 사람입니다. 2차세계대전 당시 에니그마 시스템을 풀어서 최종 승리에 결정적인 공헌을 하기도 했죠. 에니그마란 전자기적으로 암호를 찍어내는 기계인데, 그걸 가지고 독일 참모부는 연합군 정보국에서 도저히 해독할 수 없을 전언을 자국 잠수함에 보낼 수 있었지요."

"아, 그렇군요. 몰랐습니다……."

"역사의 뒤안길로 잊혀간 몇 안 되는 위대한 인물들 중 하나라 할 수 있죠."

여자 손님은 이유 없는 우울한 망상으로 무거워진 시선을 가게 이리저리 굴리고 있다.

"제가 이 말씀을 드리는 것은, 저기 천장 바로 아래 벽을 따라 주욱 걸어놓은 작은 그림들을 아까 손님이 집요하게 올려다보시는 것 같아서입니다."

"글쎄요, 왜 전부 사과 그림들이죠?"

"그게 바로 튜링 때문입니다. 컴퓨터를 발명했다는 사람이 아주 묘한 방법으로 자살을 했거든요. 1954년 6월 7일에 사과 하나를 청산칼리 용액에 적신 다음 작은 원탁 위에 올려놓고 정물화를 한 장 그렸죠. 그런 다음 그 사과를 먹었답니다."

"저런!"

"사람들은 애플사社의 로고가 한입 베어 먹은 사과인 이유도 바로 거기에 있다고들 말하지요. 그건 바로 앨런 튜링의 사과라고 말입니다."

"오, 그렇군요…… 나도 이젠 최소한 무식한 채로 죽지는 않겠어요."

손님의 반응에 뤼크레스는 장사꾼의 감각을 그대로 살려

얘기를 계속한다.

"그래서 우리는 막내가 태어났을 때 바로 이 자살상품을 고안했던 거지요."

"그게 뭡니까?"

손님은 잔뜩 흥미로워하며 바짝 다가선다.

튀바슈 부인은 슬슬 상품선전을 장황하게 늘어놓는다.

"이 투명 플라스틱 상자 속에는 보시다시피 틀까지 두른 소형 캔버스 하나하고 붓 두 개(굵은 것, 가는 것) 그리고 그림물감 몇 가지와 사과가 들어 있습니다. 물론 사과에는 독이 들어 있지요! 그렇게 해서 손님은 앨런 튜링의 방식으로 자살할 수가 있게 되는 겁니다. 다만 손님이 거부하지 않는 한 딱 한 가지 요구사항이 있는데, 자살하기 전에 사과 그림을 그려서 우리에게 제출해달라는 것이지요. 그걸 가게에 전시해놓고 싶거든요. 우리에겐 그게 다 추억의 기념품인 셈이니까요. 어떠세요, 저 위에 나란히 달려 있는 저 그림들, 정말예쁘지 않나요? 여기 바닥의 델프트 타일과 아주 잘 어울리지요. 벌써 일흔두 개나 된답니다. 계산대에서 기다리는 동안 그림감상 한번 실컷 할 수 있는 셈이죠."

사실 뚱뚱한 여자 손님이 아까부터 하던 게 바로 그거다.

"온갖 화풍을 망라하고 있군요……."

"그렇죠, 어떤 사과는 입체파적이고 어떤 사과는 또 거의 추상화 수준입니다. 저기 파란 사과는 다름 아닌 색맹인 사람이 그린 거구요."

이미 가슴의 박동이 장송곡의 리듬에 맡겨진 거나 다름없는 부인은 마침내 긴 한숨을 내쉬며 말한다.

"그 자살 상품으로 하겠습니다. 이곳 소장품들에 나도 한몫 거들어야죠."

"어머, 자상도 하셔라! 부디 서명하고 작품 완성날짜 적는 것 잊지 마세요. 가만있자, 오늘이 며칠이더라……."

하지만 손님은 아랑곳 않고 불쑥 시간부터 묻는다.

"지금 몇 시죠?"

"오후 1시 45분인데요."

"이만 가봐야겠어요. 이곳 사과 그림들을 둘러봐서 그런지는 모르겠지만, 왠지 배가 고프군요."

튀바슈 부인은 손님을 문까지 배웅하면서 다시금 주의를 환기한다.

"그림 그리기 전에 사과를 먹으면 안 됩니다! 속에 든 앙상한 사과 심을 그리는 게 아니니까요. 뭐 어차피 한입이라도 베어 드시면 그림 그릴 시간도 없겠지만……."

미시마는 가게 구석 등받이 없는 의자에 앉아 그릇 속의 물과 모래, 시멘트 반죽을 휘젓는 중이다. 때마침 흥겹게 휘파람을 불며 계단을 내려오는 알랑에게 아빠가 다그치듯 묻는다.

"학교에 오후 수업 받으러 갈 준비는 다 된 거냐? 점심은 다 먹은 거야? 아빠가 정해준 텔레비전 뉴스를 보긴 본 거니?"

"네, 아빠. 오후 한 시 뉴스에 여자 진행자 머리모양이 바뀌었던걸요! 빗질을 아주 가지런히 했어요."

아니나 다를까, 지켜보던 엄마는 천장을 올려다보며 탄식이다.

"어이구, 고작 그런 것만 눈에 보이더냐? 내가 아주 어이가 없어요. 한창 불붙고 있는 국지전이랄지, 생태학적인 재앙들이랄지, 굶주림과 기아에 대한 얘기는 안 하더냐구!"

"그런 얘기도 있었어요. 최근 일어난 해일로 네덜란드 방파제가 무너져서 지금은 프라하까지 해안선이 진출해 있다고 몇 번이나 설명하는지 몰라요. 독일에서는 또 깡마르고 헐벗은 시골 사람들이 난데없이 생겨난 모래언덕을 뒹굴면서 울부짖고요. 그 사람들 눈을 끔뻑일 때마다 흐르는 땀과 모래알이 섞여서 반짝거리는 게 꼭 별빛 같아 보였어요. 정말 믿을 수 없는 일이지만 모든 게 다 잘될 거예요. 사람들이 결국 모래를 밀어낼 거라구요."

뤼크레스는 거의 뒤로 넘어갈 지경이다.

"하여튼 이 녀석 터무니없기는! 잘하면 사막에 꽃이라도 피우겠구나…… 어서 학교에나 쫓아가. 숲 속에 사는 새처럼

항상 유쾌하기만 한 네 꼬락서니 보는 것도 이젠 신물이 다
난다!"

"그럼 이따 봐요, 엄마!"

"그래…… 어떡하겠니, 또 봐야지……."

한편 미시마는 신선고 가까이서 일을 하다 말고 스웨터 소
매를 걷어붙인다. 팔뚝 위로 물과 모래를 붓더니 네온 불빛
아래 두 눈 부릅뜨고 두 팔 힘차게 휘젓는다.

아내가 잠시 그 모습을 바라보더니 외친다.

"도대체 뭘 만드는 거예요?"

13

"응, 고리가 장착된 콘크리트 블록. 고리에 쇠사슬을 달고 그걸 사람 발목에 자물쇠로 채우는 거야. 강가에 나가 이걸 찬 채 물에 풍덩 뛰어들면 곧장 바닥으로 가라앉는 거지. 단번에 끝장을 보는 거야."

"그거 흥미롭군요."

언제 들어왔는지 콧수염을 기른 손님 하나가 고개를 끄덕인다.

미시마는 벗겨진 머리와 이마를 손바닥으로 쓱 훔치며 말을 받는다.

"여기 표면에 양각된 가게 이름을 보면 아시겠지만, 제가 직접 이곳 아니면 지하실에서 만드는 거랍니다. 손으로 한번 만져보세요. '자살가게'라는 이름이 분명 있지요? 이 블록들은 또 창문으로 뛰어내릴 때도 유용하게 쓰일 수 있답니다……."

손님은 어리둥절한지 멀뚱한 표정이다. 눈썹을 살짝 쳐들며 씩 웃는 미시마의 얼굴은 동그래진 눈망울 아래로 광대뼈가 한층 도드라져 보인다.

"그럼요, 그렇고말고요! 이 콘크리트 블록들이 몸을 더 무겁게 해준다 이거지요. 아시다시피, 전에는 폭풍이 불거나 돌풍이라도 치는 날 밤에는 몸이 좀 가볍다 싶은 사람들은 창문을 통해 일을 치르기가 그리 쉽지만은 않았지요. 암만 창문으로 뛰어내려도, 다음 날 우스꽝스러운 잠옷 차림으로 나뭇가지에 걸쳐 있거나, 가로등에 대롱대롱 매달려 있거나, 그것도 아니면 이웃집 발코니에 볼썽사나운 포즈로 뻗어 있기 십상이었지 않습니까! 한데 이제 이 '자살가게'의 콘크리트 블록을 발목에 매달기만 하면, 창문 밖으로 몸을 내미는 즉시 확실한 추락이 보장되는 셈입니다."

"아!"

"요즘 저녁 때 방 커튼을 열고 내다보면, 저 단지 각 동마다 아래로 추락하는 사람들이 종종 눈에 띄곤 합니다. 어쩌다 현지 축구팀이 경기에서 패하기라도 하는 날 밤이면 그 수가 너무 많아, 마치 모래알이 우수수 떨어지는 것 같은 광경이 연출되기도 하지요. 정말 아름답습니다."

계산대의 뤼크레스는 그 진지하면서 아름다운 눈을 잔뜩 찡그린 채 남편의 얘기를 한참 귀담아듣더니, 신경질적으로 툭 내뱉는다.

"그나저나 알랑은 전염성이 있는 걸까요?"

14

"죽고 싶으세요? 저에게 키스하세요."

마릴린 튀바슈는 여왕 같은 포즈로 신선고에 앉아 있다. 시트는 물론 팔걸이, 등받이 할 것 없이 온통 진홍빛 벨벳에다 황금빛 아칸서스 잎사귀 문양이 목재 여기저기 새겨진 큼직한 안락의자, 가슴이 깊이 파인 나른한 분위기의 드레스 차림이다. 그녀는 이 새로운 광휘와 젊음, 눈부신 금발에 완전히 기가 죽은 손님을 향해 몸을 기울인다. 절망으로 만신창이가 된 사내에게 루주 바른 입술을 내민다.

"여기요, 입술에, 혀를 사용해서……."

손님은 용기를 내어 다가간다. 마릴린은 알랑의 선물인 흰색 비단 스카프를 풀어헤쳐 손님과 자신의 머리를 함께 휘감는다. 두 사람의 어깨 아래까지 늘어진 유령 같은 스카프를 통해 그 안에서 어떤 일이 진행되고 있는지를 짐작할 수 있다. 비단 속에서 둘의 머리가 오랫동안 천천히 상하좌우로 움직거리더니 마릴린이 먼저 몸을 뗀다. 하지만 둘의 입은 가느다란 실처럼 길게 늘어지는 끈적한 타액으로 여전히 연

결되어 있다. 손님은 손등으로 얼른 그걸 수습하면서 조금이
라도 버리기 아까운 듯 꼼꼼히 핥아먹는다.

"고맙소, 마릴린⋯⋯."

"꾸물대지 말고 어서 가보세요. 다른 손님들이 기다리십니
다."

튀바슈 가의 외동딸이 맡은 이 새로운 기능은 그 부모가 혀
를 내두를 정도의 성공을 거두고 있는 셈이다.

"학창 시절이라는 진정한 자살 학습을 묵묵히 치르더니, 이
제야 자기 자리를 찾은 것 같아요⋯⋯ 가게 신선고에서 말이
에요!"

엄마가 감개무량해하자 아빠가 거든다.

"앨런 튜링 상품 이래로 가장 훌륭한 아이디어야!"

금전등록기는 불이 날 지경이고 밀려드는 손님 명단은 늘
어만 간다. '죽음의 키스'를 예약하려고 전화해오는 사람들
에게 뤼크레스는 일일이 대답해주기 바쁘다.

"네 네, 근데 죄송하지만 일주일은 지나야 가능하겠는데요!"

'죽음의 키스'를 원하는 지원자들이 어찌나 많은지 이제는 혹시 같은 손님이 여러 차례 다녀가지는 않는지 조사해야 할 필요까지 생긴다. 실제로 어떤 이들은 이렇게 푸념을 늘어놓는 것이다.

"아직도 죽어지질 않는단 말입니다!"

"아, 그건 말이죠, '죽음의 키스'가 작용하려면 시간이 좀 필요해서 그럽니다. 조금 있으면 효력이 나타날 거예요. 모든 사람한테 혜택이 돌아가야 하니, 이러시면 곤란합니다."

이 방법으로 자살을 하고자 하는 사람들 중에는, 돈을 더 낼 테니, 혹시 마릴린과 온밤을 지내는 게 가능한지 물어오는 경우도 있다. 뤼크레스로서는 분통 터질 일이 아닐 수 없다.

"지금 무슨 소리 하는 거요? 우리가 무슨 뚜쟁인 줄 아쇼!"

미시마는 아예 그런 손님들일랑 두말 않고 가게 밖으로 내동댕이치기 일쑤다.

"어서 꺼지시오! 당신 같은 손님은 필요 없어!"

"죽고 싶어서 그래요……."

"어서 사라지라니까! 차라리 담뱃가게나 가보라구!"

그러는 동안에도 가게 저 안에선 마릴린이 사내들과 입을 맞추면서 한 송이 이국적인 꽃, 식충화食蟲花로 활짝 피어나고 있다. 알랑은 이제 누나 근처를 지날 때마다 휘파람을 불면서 말한다.

"그것 봐, 내가 누난 예쁘다고 했잖아! '잊혀진 종교' 단지 사내들한테는 이제 누나밖에 없어. 여기 이 사람들을 보라니까……."

오시리스 동 사람들은 아예 단체할인권을 소지한 채 대기중이다. 줄을 선 사람들은 한 번에 몇 센티미터씩 참을성 있게 전진하고, 각종 마크가 붙은 선반들로 빼곡한 상징의 숲은 친밀한 눈길로 그들을 지켜본다.(보들레르의 시 「상응교감」의 한 구절 참조) 예컨대 해골 문양(독극물)이랄지 주황 바탕의 검은 십자가(인체에 유해한 자극), 시험관이 기울어지면서 용액을 뚝뚝 흘리는 그림(부식제), 별빛 같은 선들을 내뿜고 있는 검정 동그라미(폭발물), 불꽃(인화성물질), 물에 던져진 물고

기 옆의 벌거숭이 나무(환경에 대한 위험), 그런가 하면 번개
표시나 느낌표 부호가 박힌 삼각형들도 있고 역시 해골 문양
에 동그라미 세 개가 한데 어우러진 상징(생물학적 위험물
질)도 눈에 띤다. 가게에서 파는 각종 자살 상품들이 바로 그
와 같은 마크들로 치장하고 있지만, 적어도 지금 손님들은
하나같이 마릴린의 입술만을 찾고 있는 것이다. 대신 여자
손님들은 너나 할 것 없이 잔뜩 부은 표정들이고…….

"아이고! 여자분들도 똑같이 신청하실 수 있습니다! 마릴
린도 거부하진 않을 거예요."

미시마가 제법 개방적인 사고의 소유자처럼 넉살좋게 떠들
어댄다.

순간, 웬 점잖게 생긴 젊은이 하나가 북새통인 가게로 들어
서면서 자신이 '죽음의 키스'를 예약한 사람이라고 소개한
다. 뤼크레스는 그쪽을 쏘아보며 이렇게 말한다.

"이미 오셨던 분이시군요. 얼굴을 알아보겠는걸요."

"아닙니다. 한 번도 온 적이 없는데요."

"아니요, 알아보겠어요."

"일전에 자신의 장례식에 와주십사고 청했던 손님들을 위해 댁의 따님이 묘지에 화환을 가져온 적이 있었죠? 바로 그 묘지관리인입니다."

갑자기 당황한 나머지 손으로 입을 가리면서 뤼크레스는 어쩔 줄 모른다.

"어머나, 이거 죄송해서 어쩌나! 얼른 얼굴이 떠오르지 않았습니다. 그래도 제가 그러면 안 되는 거였어요. 워낙 그쪽이나 우리 모두 바깥출입을 안 하는 사람들 아닙니까. 그저 주말을 기해, 그것도 가끔 숲에 가서 독버섯을 채집하는 게 고작이니 말이에요…… 아무튼 몇 번이고 다시 찾아오는 손님들 때문에 제 머리가 돌 지경이랍니다."

섬세한 풍모의 젊은이는 아무 대꾸 없이 줄의 맨 끝에 붙어선다. 제법 농익은 인간성의 편린이 엿보이는 가운데, 젊은이는 마치 밀랍처럼 창백한 안색이다. 곱상이면서도 만만치 않게 가슴앓이를 해온 듯한 얼굴로 그는 과감하게 트인 마릴린의 앞가슴을, 남자들과 키스하기 위해 몸을 비틀 때마다 살짝살짝 열리는 그녀의 드레스 앞섶을 뚫어져라 바라본다. 그러면서도 고대하는 입맞춤을 안겨줄 여자와의 거리가 가까워질수록 왠지 두려움이 비치는 눈치다. 마침내 자기 차례가 되자 그는 불쑥 이렇게 요구한다.

"내게 당신의 독을 주입해주시오, 마릴린……."

튀바슈 가의 외동딸은 얼른 입술을 훔치더니 사내를 빤히 바라보며 대답한다.

"안 돼요."

15

"뭐야? 안 된다구?"

당장 마릴린의 엄마가 허리춤에 주먹을 얹은 채 어리둥절 해한다.

"그러게, 안 된다니 그게 뭔 소리야?"

술 달린 조끼 차림의 아빠 역시 사람들을 헤치며 다가와 마릴린을 찬찬히 살펴본다.

"어디 탈 난 거 아니야?"

"이 청년하고는 입을 맞추지 않을래요."

딸은 그냥 그렇게 말할 뿐이다.

"도대체 왜? 무슨 일인데 그러니? 아주 점잖은 데다 이만 하면 인물도 괜찮은데 말이다. 누가 봐도 불쾌하고 못생긴 남자들과도 했지 않니!"

이렇게 부녀가 옥신각신하는 동안에도 문제의 젊은이는 옥 좌에 앉은 금발의 마릴린에게서 잠시도 눈을 떼지 않고 서 있다.

"그 이후로 한 번도 당신을 보지 못했습니다, 마릴린. 묘지에 더는 오지 않았으니까요. 자, 어서 내게 키스해줘요."

젊은이가 한 번 더 청하지만 마릴린의 태도는 단호하다.

"싫습니다."

"오, 이제 그만 작작 해두지 그러니! 손님들 기다리신다. 마릴린, 어서 이 청년에게 키스해드려!"

아빠의 성화에도 마찬가지다.

"싫어요."

그런데 할 말을 잃고 멍하니 서 있는 미시마 옆으로 뤼크레스가 다가서더니 고개를 끄덕이며 중얼거린다.

"음, 그럼 그렇지. 이제야 알겠군……."

그녀는 일단 남편을 붙들고 계단 쪽 외진 구석으로 데려간 뒤, 남한테 들리지 않게 속삭인다.

"당신 딸이 사랑에 눈을 뜬 거예요. 만인을 상대로 저렇게 진한 키스를 하다보니, 언젠가는 이런 상황이 닥칠 수밖에 없는 거라구요……."

"대체 무슨 말을 하는 거야, 당신?"

"저 애가 지금 묘지지기 청년을 좋아하고 있단 말이에요. 그래서 입맞춤을 해주지 않으려는 거죠."

"저 친구가 묘지관리인이었어? 난 또 몰라봤지. 그래도 이건 말이 안 되잖아. 사랑에 빠지면 키스하는 게 기본 아닌가?"

"이봐요, 미시마, 잘 좀 생각해봐요! 저 애는 지금 '죽음의 키스'를 하고 있잖아요."

"젠장……."

남편은 그만 얼굴이 하얗게 질리면서 계단에 털썩 주저앉아, 갑작스레 찬물 끼얹어진 듯한 분위기를 망연자실 바라만 본다.

"바로 저 자리에서 알광대버섯이 썩어가고 황금개구리가 도망쳐 다니지 않는 대신, 이젠 마릴린이 사랑에 빠지는구먼! 저 놈의 신선고가 말썽이야, 말썽……."

차츰 사람들의 투덜대는 소리가 커져가더니 가게 안은 졸지에 짜증 섞인 아우성으로 가득 찬다.

"어떻게, 잘되어가는 거요?"

미시마는 천천히 일어나 젊은 묘지관리인에게 다음과 같이 수습책을 제시한다.

"혹시 밧줄이라든가 독약 같은 건 안 되겠소? 우리 가게엔 명줄 끊어주는 다른 좋은 방법들도 많은데 말이오. 면도날도 있고 튜링의 독사과도 있습니다. 어때요? 구미가 당기지 않소? 여보, 뤼크레스, 이 양반께 무얼 권하면 적당할까? 자자, 당신한텐 그냥 선물로 드리리다! 단도하고 기모노도 좋고, 뭐든 원하는 걸 말해봐요. 어서 정하란 말입니다!"

"마릴린의 키스를 받길 원합니다……."

그에 대한 대답은 마릴린이 직접 한다.

"싫어요. 당신을 사랑한다구요, 에른스트!"

"나 역시 마찬가집니다. 죽도록 당신을 사랑해요, 마릴린!"

상황은 완전히 거기서 막힌 꼴이다. 그렇게 많은 사람이 모였는데도, 죽은 듯한 적막만이 가게 안을 점령하고 있다. 그리고 어느 한순간, 터져나갈 듯한 노랫소리가 사람들 귀청을 때린다.

16

"쿵 쿵 트랄 라라‼ 우린 그렇게 노래한다네, 우린 그렇게 노래한다네! 쿵 쿵 트랄 라라‼ 우리 동네에선 그렇게 노래한다네!"(2차세계대전 직후 프랑스에서 유행한 노래 〈우리 동네에선 사람들이 노래한다네On chante dans mon quartier〉의 후렴)

"아니, 이건 또 뭐야?!"

튀바슈 씨는 고개를 들어 천장을 쳐다본다. 갑작스럽게 볼륨이 극에 달한 노랫소리…… 아무래도 바로 위층에서 들려오는 것 같다.

"쿵 쿵 트랄 라라‼"

튀바슈 부인은 아예 턱을 덜덜 떤다. 신경이 요동을 치고 양 볼이 쑥 들어간다. 그런가 하면 입술이 일그러지며 핏기가 온데간데없다. 선반 위에 진열된 약병들까지 덩달아 흔들리면서 서로 부딪친다. 고래고래 외쳐대는 노랫소리의 진동 때문에 약병들이 저절로 움직거려 자칫하면 바닥에 떨어질 것만 같다. 뤼크레스는 얼른 달려들어 병들을 붙든다.

"저거, 분명히 알랑이야!"

네온관 하나가 '탁!' 하고 끊어진다. 톡 쏘는 연기 한 줄기가 그로부터 새어나와, '죽음의 키스'를 기다리던 모든 지원자들 눈을 따끔거리게 만든다. 계단 올라가는 벽에 걸어둔 세푸쿠용 칼이 수직으로 떨어져 바닥에 꽂힌다. 번쩍이는 칼날이 부르르 떨면서 날카로운 섬광을 내쏜다. 목매다는 밧줄들까지 무더기로 타일바닥에 쏟아져 손님들의 발에 채이고 난리다. 미시마는 완전히 혼비백산한 상태다. 계산대 위에 있던 사탕 유리병이 그만 밑으로 떨어져 산산조각 나면서 수많은 유리파편들로 반짝거린다. 면도날들도 제멋대로 흩어지고, 튜링의 사과를 그린 그림액자들도 와르르 떨어져 마치 사과나무 줄기를 누군가 마구 흔들어대는 것처럼 느껴진다. 금전등록기 서랍이 저절로 열리면서, 최근 들어 신선고의 새 상품으로 벌어들인 지폐들이 고스란히 드러난다. 그걸 보고 부처 동의 몇몇 점잖지 못한 사람들이 한 움큼씩 집어들자, 미시마는 절도의 현장에 단도를 들이대며 일갈한다.

"자자, 다들 나가시오! 어쨌든 곧 밤이 되니 죽는 건 다음

기회로 미룹시다. 각자 번호표를 소지하고서 내일 모든 게 정리되면 다시 오도록 하시오! 그리고 당신, 묘지관리인 말인데…… 당장 여기서 나가요! 내가 총을 줄 테니, 다신 그 빌어먹을 사랑 타령이나 하려고 우리 가게에 들르는 일은 없었으면 하오."

"쿵 쿵 트랄 라래!!! 우리 동네에선 그렇게 노래한다네!"

왠지는 모르지만 가게에서 쫓겨나가는 인생 종친 사람들마저 그 노랫가락을 흥얼거리고 있다…… 쿵 쿵 트랄 라라!!! 이제 모든 네온관이 마치 커트 코베인 디스코텍의 무대 위 스포트라이트처럼 여기저기 깜빡거린다.

"얄랑, 그 음악 좀 끄지 못하겠니!"

엄마가 고래고래 악을 쓰지만 위층의 막내에게는 그 소리가 안 들린다. 붉은 군대 합창단의 총 200명 단원들이—테너, 바리톤 그리고 베이스의 단단한 음성들— 내뿜는 꽝장한 소리가 구두 뒤축까지 쿵쾅거리면서 '쿵 쿵 트랄 라라!!!' 포효하듯 노래하고 있기 때문이다.

뤼크레스는 잡고 있던 약병들을 놓고 그만 울음을 터뜨린다. 그 즉시 곤두박질친 약병들이 산산조각 나면서 타일바닥은 위험한 내용물들로 만신창이가 된다.

'최소한 쥐 박멸은 앞으로 확실히 되겠네.'

계단을 오르며 문득 그런 생각까지 든 것에 스스로 놀라면서 뤼크레스는 알랑의 방으로 들어선다.

"이제 그만 좀 하지 못하겠니!?"

쿵 쿵 트랄- 톡!

우악스레 전원부터 끄며 뤼크레스는 더는 참을 수 없다는 듯 앙칼지게 쏘아대기 시작한다.

"너 정말 정신이 어떻게 된 거로구나! 남들은 방금 전까지 신선고에서 아주 고리타분한 비극에 가뜩이나 시달리고 있는데, 음악이랍시고 그따위로 틀어대다니, 이 멍청한 것아! 게다가 네 형 생각을 조금이라도 하는 거냐? 네가 틀어대는 한심한 소리 때문에 보나마나 또 모조리 때려 부쉈을 것 아니냐!"

뤼크레스는 복도로 나와 뺑상의 방으로 향하면서 계속 떠들어댄다.

하지만 뱅상은 더없이 근엄한 표정으로 멀쩡한 모형물을 마주한 채, 쿵 쿵 트랄 라라 리듬에 맞춰 손톱으로 탁자를 두드리고 있다. 아들의 붕대 감은 머리 가까이 다가간 엄마의 휘둥그레진 눈에는 모형물이 복구되었다는 사실 말고도, 달리 깜짝 놀랄 만한 일이 벌어져 있다.

"아니, 8자형 롤러코스터 레일은 네가 일부러 이어놓은 거니?"

"알랑이 그게 더 좋을 것 같다고 해서요. 그렇게 만들어 놓으면 사람들이 더 행복해질 거래요……."

"그래, 이제 보니 쥐뿔도 아무것도 아니겠구나! 그나저나 음식 다 타겠다. 자, 어서들 저녁이나 먹자!"

미시마는 철제 셔터를 내리되 환기가 좀 되도록 문은 열어 둔 채로 불을 끈다. 마릴린은 어느새 위층으로 올라가버렸다. 어둠 속에서 더듬거리며 계단을 오르다 말고 미시마가 층계참 전등을 켜자, 알랑이 빙그레 웃으며 바라보고 있다.

기분이 몹시 안 좋은 엄마는 부엌에서 불쑥 튀어나와 식탁 위에 음식 접시를 되는대로 늘어놓는다.

"미리 말해두겠는데 음식 맛이 있다 없다, 아무 소리도 듣기 싫으니까 그리 아셔들. 세상에 그 정신없는 와중에도 난 할 수 있는 만큼 만들었으니까."

"이게 뭐예요?"

뱅상이 묻자 통명스러운 대답이 튀어나온다.

"절벽에서 스스로 뛰어내린 새끼 양 넓적다리다. 정육점 주인이 보증한 거지. 뼈가 으스러져 있는 게 다 그 때문이야. 근데 식욕도 없는 애가 무슨 상관이니? 미시마, 당신도 어서 앉아요!"

한편 마릴린은 미리 말해둔다.

"난 배 안 고파요……."

식탁 분위기가 정말이지 끔찍하다. 마릴린은 계속해서 훌쩍이고, 다른 사람들은 입이 이만큼 튀어나온 채 아무 말 없다. 오직 알랑만이 혼자 좋아서 난리다.

"와, 이거 정말 맛이 끝내주네요, 엄마!"

뤼크레스는 눈을 하늘로 치뜨면서 다짜고짜 신경질이다.

"이 바보 같은 녀석아, 이게 뭐가 맛있다는 거냐? 그냥 아무렇게나 만든 거란 말이야! 무작정 굽고 나서 유지에 생선을 싸는 것처럼 알루미늄 포일로 싸바른 거거든! 심지어 설탕 잔뜩 뿌리고 나서야 소금하고 후추를 뿌려야 했다는 걸 뒤늦게 깨달았지."

"아, 그랬구나…… (알랑의 얼굴은 그럴수록 달아오르는 식욕으로 환해진다) 어쩐지 달콤한 캐러멜 맛이 살짝 난다 했어요! 굽고 나서 알루미늄 포일로 싸다니 정말 좋은 생각이에요! 그래야 겉은 바삭바삭하고 속은 말랑말랑하죠."

그런데 꼭 발작을 일으키는 고흐 같은 표정으로 뱅상도 접시 쥔 손을 요리 쪽으로 쑥 내미는 게 아닌가! 아빠와 엄마는 어리둥절한 표정으로 서로를 멀뚱하니 쳐다본다. 이내 형에게 고기를 덜어주는 엄마를 보며 막내는 더더욱 좋아라 호들갑이다.

"와, 레스토랑 차려도 되겠어요, 엄마! 잘하면 건너편에 '프랑수아 바텔' 레스토랑보다도 더 낫겠어요. 손님들이 한번 본 맛에 반해서 자주 오겠는걸요."

"이 녀석아, 나는 사람들 먹여 살리는 데엔 취미 없다. 사람들한테 독을 먹여서 다시는 오지 않아도 되게 만드는 거라면 또 모를까…… 도대체 언제쯤 너도 그걸 인정할래?"

알랑은 허리가 끊어지도록 웃더니 말한다.

"아하, 그러고 보니 '바텔'에서 하던 일이 거의 그런 거였구나…… 그래서 금세 문을 닫았던 거야! 엄만 괜히 겉으로는 화난 척하지만, 사실은 이 양고기 맛있다고 하니까 기분 좋아하시는 거 다 알아요!"

"하긴 네 엄마 양고기 요리는 유명하지."

아빠가 마지못해 동조하자, 뤼크레스는 대뜸 눈총을 준다.

"아니 당신도 이젠 한몫 거드는 거예요, 미시마?!"

뱅상은 까칠하게 튼 입술을 혀로 핥더니 방금 비운 접시를 또 내민다. 뿐만 아니라 이번에는 얼른 자기가 직접 고기를 썰어 접시에 담기까지 한다. 오직 마릴린만이 비위가 상한 표정으로 고기 한 점 입에 대지 않고 있다. 그걸 보며 뤼크레스가 한마디 한다.

"그래, 난 네 마음 충분히 이해한다. 최소한 가문의 취향을 고이 간직한 여자가 한 명은 있어야지…… 쓸데없이 주절대느라 괜히 네 그 아까운 침이나 낭비……."

"아─앙!"

순간 금발의 마릴린이 접시에 엎어져 대성통곡을 하고, 뤼크레스는 남편의 나무라는 눈빛에 당황하여 어쩔 줄 모른다.

"어머나! 도대체 내가 뭐랬길래?"

"아─아, 엄마 아빠…… 나는 에른스트에게 키스도 못 해줘요…… 그랬다가는 나를 사랑하는 청년이 죽어버릴 테니까요……."

딸의 말에 미시마는 귀가 번쩍 뜨이는지 대뜸 묻는다.

"그 친구 이름이 에른스트Ernest냐? 그럼 헤밍웨이하고 이름이 같네? 그가 자살할 때 사용한 스미스 앤 웨슨 권총이 바로 그 어머니가 우편으로 보내준 거였다지 아마. 초콜릿 케이크하고 함께 말이야…… 아버지는 이미 자살로 생을 마감한 양반이었고, 딸 역시 작가가 자살한 지 35년이 되던 해에 마찬가지로 자살을 했지. 그는 딸 이름을 자기가 무척 좋아하던 포도주 이름을 따서 마르고라 부르도록 했다지. 그래서였나, 그 딸이 나중에 알코올중독자가 되어 뒈져버린 거 말이야! 어때, 재미있지 않니?"

이번에는 뤼크레스가 나무라는 눈치지만 미시마는 아랑곳하지 않고 말을 잇는다.

"나는 꽤 재미있는데. 솔직히 너의 그 '죽음의 키스' 문제는 좀 재수 옴 붙은 경우인 건 맞아. 아, 젠장, 우리한테 자손을 이어줄 수도 있고 또 묘지관리인이라는 직업이 보장되어 있으니 썩 괜찮은 젊은이인데 말이야! 자손 문제는 아무래도 뱅상이 좀 어려울 테고…… 나머지 녀석은 언젠가 짝을 얻는다 해도 여자 광대하고나 맞을 텐데…… 그때 가서 가게에 곡예사들 부려 독약병으로 저글링을 하거나 목매다는 밧줄로 훌라후프 할 일 있겠나……."

뱅상 튀바슈는 잔뜩 집중한 채 마치 반추동물이라도 되는 듯 음식을 씹고 또 씹는다. 전에는 음식물을 삼킨다는 생각만으로도 텅 빈 위 속 담즙을 욱하고 게워내던 그가 지금은 목구멍으로 넘어가는 자살한 새끼 양의 즙액을 음미하면서 아주 맛나게 살점을 씹어대고 있는 것이다. 입안 가득 음식을 넣은 채 그는 자기 오른편에 앉은 동생에게 묻는다.

"트랄라라 하기 전에 세 번 쿵쿵쿵 하는 거니?"

"아니, 두 번 하는 거야, 쿵쿵 트랄라라 이렇게……."

엄마는 절망에 빠진 마릴린의 괴로운 모습에는 전혀 아랑곳하지 않는 두 아들을 바라보며 할 말을 잃은 상태다. 게다가 막내가 접시에 남은 음식물을 빵조각으로 꼼꼼히 닦아내면서 요리에 대한 조언이랍시고 또다시 종알거리자, 그 앞에서 당장 기절이라도 할 지경이다.

"근데 말이죠…… 넓적다리 육즙에 이렇게 바나나 조각들을 담글 때는 오렌지 껍질도 좀 넣으면 어떨까 싶네요……."

그런 아들을 바라보며 뤼크레스는 그저 후회막심할 따름이다.

"도대체 우리가 왜 구멍 난 콘돔을 시험했던 건지!"

알랑의 맞은편, 엄마의 왼편에 앉아 있는 마릴린은 그 말을 듣자마자 또다시 서럽게 울면서 자신을 낳아준 여인에 대한 원망을 마구잡이로 늘어놓는다.

"엄마! 왜 저더러 방울뱀처럼 입안에 독을 머금으라고 시키셨죠! 왜요?! 왜?! 그렇게도 앞날을 내다보지 못하세요?"

식탁 끄트머리에 앉아 있는 아빠가 보다 못해 슬그머니 끼어든다.

"그건 말이다…… 우리 하는 일이 워낙…… 좀 그렇다보니까…… 앞날이란 걸 내다본다는 것이 말이다…… 말하자면 단기간 벌어질 일에 더 익숙해져 있는 거지……."

뤼크레스는 더 이상 참을 수 없었는지, 평소 그녀의 태도로 봐선 너무도 의외인 말을 왈칵 내뱉는다.

"뱅상! 제발 그만 먹어대지 못하겠니! 좀 너무한 거 아니냐? 네 누이동생이 힘들어하고 있잖니!"

그러자 알랑이 또 알밉게 되묻는다.

"아, 그래요? 왜죠?"

미시마는 양의 넓적다리 살점을 베던 기다란 칼날을 한참 바라보더니 막내의 가슴 언저리, 세푸쿠의 칼끝을 꽂아 넣기에 가장 적당한 지점을 조용히 가늠한다. 자칫 아동살해를 범할 지경까지 약이 올랐지만, 미시마는 겨우 진정한 뒤 덤덤한 목소리로 상기시켜준다.

"성년이 된 다음부터 네 누나가 독을 품었지 않니……."

순간 튀바슈 가의 막내, 생글생글 웃으며 한다는 말이 이렇다.

"아유, 천만에요! 도대체 무슨 생각을 하시는 거예요? 누나 생일 때 제가 냉장고에 있던 주사기에서 더러운 물 빼내고 그 대신 뼝상 형이 많이 아팠을 때 의사가 한 것처럼 포도당 용액을 넣어놨단 말이에요."

갑자기 쥐 죽은 듯한 적막이 세상을 점령한다. 그러고 나니 이전까진 무심코 지나치던 식당 안의 집기들이랄지 이런저런 면모가 차츰 의식 내로 진입한다. 우선 보랏빛 긴 의자가 있고, 그 맞은편에 '잊혀진 종교' 단지로 향한 창문이 커튼을 드리운 채 자리 잡고 있다. 아마도 21세기쯤 만들어졌을 낡은 찬장이 있고 식탁 위에는 꼭 토성처럼 고리까지 두른 전등이 매달려 있다. 그리고 저쪽 구석으로는 여자 앵커가 전력을 다해 기상천외한 재앙 소식을 마구 퍼부어댈 뉴스만을 위한 텔레비전 세트가 덩그러니 놓여 있다.

"너, 지금 뭐라고 했니, 알랑?"

"그럼 너도 알고 있었던 거니, 뱅상?"

"예……."

튀바슈 가의 맏아들이 냅킨으로 입술을 닦으며 아무렇지도 않게 대답하자, 미시마와 뤼크레스는 기겁을 한 표정이다. 특히 뤼크레스는 언젠가 실수로 '모래 상인'을 살짝 냄새 맡은 적이 있다는 생각에, 그만 기절이라도 할 것 같은 기분이다.

마릴린은 방금 자기가 들은 얘기를 아직 분명히 이해 못 하는 기색이다.

"지금 무슨 얘기들을 하고 있는 거예요?"

아주 천천히 숨을 고르는 아빠의 몸 안에서, 지독한 산성비를 머금고 저 지평선에 나타나는 폭풍우의 낮은 포효가 들리는 듯하다.

"이제 너의 묘지관리인 청년을 다시 만나도 되겠다. 가라, 마릴린. 너의 입맞춤은 전혀 무해하다. 손님들도 본의 아니게 속였을 뿐이야……."

미시마의 어조는 왠지 잔뜩 부풀어 과장된 느낌이다.

"모든 게 저…… 쓸모없는 녀석들!……"

눈에서 불똥이 번쩍 튀는 것 같다.

"……저 녀석들이 가짜 약을 넣었기 때문이야."

입안에서 혀가 천둥처럼 요동을 치는 듯하다.

"세상에…… 튀바슈 가문에서 이런 일이 일어나다니! 너희들은 우리 가문의 수치다! 무려 10대에 걸쳐 자살로 점철된 유구한 혈통이 이런 사기를 경험하다니! 그렇지 않아도 손

님들이 자꾸 다시 찾아오기에 '왜 죽지 않고 또 올까' 이상하긴
했었다. 그리고 너 뱅상! 내가 그토록 믿었던 네가…… 아무래
도 이제는 너를 브루투스라 불러야 할 것 같구나! 다른 사람
도 아닌 네가 저 영국 남색가의 이름을 가진 빌어먹을 녀석
한테 농락을 당해?! 아, 이런 얼간이 자식!"

"여보, 아무래도 당신 지금 사태를 혼동하고 있는 것 같아
요, 미시마!"

겨우 정신을 추스른 엄마가 끼어든다.

하지만 남편은 이미 자리에서 일어나 알랑의 가녀린 목을
향해 자살 찬미자의 섬뜩한 두 손을 내밀고 있다. 아이는 깔
깔 웃으면서 얼른 복도로 달아나고 아빠는 부리나케 그 뒤를
쫓는다. 마릴린 역시 식탁을 벗어나 깡충거리며 동생을 좇아
간다. 그렇게 부녀 모두가 알랑을 붙잡기 위해 달리기를 한
다. 한 명(미시마)은 목을 조르려고, 다른 한 명(마릴린)은
와락 껴안고 "오, 알랑!" 하고 말해주려고…… 한편 엄마는
아직도 정신이 오락가락하는지 이렇게 외치고 있다.

"마릴린! 네가 동생을 사랑한다면 그 녀석을 껴안고 뽀뽀는 하지 말아라!"

맞은편에 우두커니 앉아 있는 뱅상, 보다 못해 또박또박 귀띔해준다.

"엄마, 마릴린의 혈관에는 포도당만 잔뜩 들어가 있단 말예요……."

"아차, 그렇지! 아이고 세상에나!"

17

다음 날 아침, 가게 출입문과 계산대 창문 사이에 걸려 있는 뻐꾸기시계가 여덟 시를 알린다. 광택을 낸 함석 자판 위로 죽음을 형상화한 인물, 즉 피나무를 깎아 만든 해골이 긴 백의白衣를 걸친 채 손에는 커다란 낫을 든 모습으로 나타나 읊조린다. "뻐꾹! 뻐꾹!"

그러면 라디오가 자동으로 켜지면서 그 날의 아침뉴스를 전한다.

"지난 세기 로스앤젤레스 근방 산 안드레아스에서 발생한 지질 단층과 더불어 반복되는 화산 분출로 흘러내린 용암이 온 대륙을 쑥대밭으로 만든 이래, 다시금 아메리카에 생명이 도래하고 있습니다. 이란의 과학자들은 미국 서부 해안지대의 대지진 이후 첫 번째 지의류地衣類 출현을 뉴욕 시가지 자리에서 발견했다고 합니다. 다음은 스포츠 소식입니다. 지역 팀의 잇단 패배……."

앞치마를 걸치고 방독면을 착용한 뤼크레스는 전날 타일바닥에 쏟은 독약품을 물 흠뻑 뿌려가며 씻어내다 말고 묻는다.

"워웅워웅워웅, 워웅워웅워웅?"

미시마는 얼른 라디오 뉴스부터 꺼버린다.

"뭐라고 한 거야, 지금?"

그제야 부인은 가죽끈을 풀어 정화통을 뜯어내고는 다시 또박또박 묻는다.

"자, 이제 마릴린은 어떻게 할까요? 아무 일 없었던 것처럼 그냥 계속해요 아니면 중단해요? 솔직히 말해서 중단한다면 나는 유감스러울 거예요. 워낙에 저 신선고가 갑작스럽게 수익을 많이 창출했으니까요. 거기 금전등록기 서랍 닫아요, 미시마."

남편은 말없이 서랍을 닫고 밧줄을 정리하면서 깊은 생각에 잠긴다. 그는 깨진 유리병 조각들과 사탕들을 한데 쓸어모아 계산대 위에 가지런히 쏟아놓은 다음, 알랑에게 이른다.

"여기서 유리 조각들만 꼼꼼히 골라내라. 아이들이 사탕을 먹다가 혀를 베이면 곤란하니까. 너도 손 조심하고!……"

미시마는 말하다 말고 아내를 바라보며 힘없이 중얼거린다.

"하여튼 여보, 나도 모르겠어……."

한편 마릴린은 목이 깊게 파이고 몸에 착 달라붙으면서 금실과 은실로 화려하게 수놓은 근무용 드레스를 입고서 두 팔을 높이 치켜들고 있다. 그러고 보니 신체의 순수한 윤곽이 극도로 강조되어 보인다. 잘록한 허리와 탱탱한 복부, 탐스럽기 이를 데 없는 엉덩이 그리고 봉긋하게 솟은 알맞은 가슴 등등…… 마침 사다리에 올라 벽에다 튜링의 사과 액자들을 매다는 중이라 고혹적인 몸매가 더욱 돋보이는 것이다.

"다 됐어요! 가게 문 열기 전에 한 시간 정도 생각들 충분히 하실 수 있으니, 저는 그동안 에른스트를 보러 가야겠어요. 가서 얼른 이 기쁜 소식을 전해야죠."

순간 미시마 입에서 난데없는 탄식이 새어나온다.

"오, 이런 빌어먹을!"

마릴린은 혹시 아빠 머리에 액자라도 떨어뜨렸을까 깜짝 놀라 몸을 숙여 사다리 아래를 살펴본다.

"무슨 일이에요, 아빠?"

미시마는 훌렁 까진 이마를 손바닥으로 탁 치면서 말한다.

"내가 멍청한 짓을 했어……."

고무장갑 낀 손으로 양동이 속에 걸레를 헹구다 말고 뤼크레스가 벌떡 일어난다.

"뭐예요?"

"어젯밤 경황이 없는 와중에 내가 그만 스미스 앤 웨슨 권총을 그 친구한테 건네주었지 뭐야!"

엄마는 당장 혼비백산이고 사다리 위의 마릴린은 아예 다리가 후들거릴 정도다. 안 되겠다 싶은지 그녀는 바닥까지 주르륵 미끄러지듯 단숨에 사다리를 내려오는데, 그 바람에 조금 전까지는 몸의 윤곽을 잘 드러내던 섹시한 의상이 그만 갑작스레 부풀면서 마치 낙하산을 펼친 듯 우스꽝스러운 모양이 된다.

"아빠, 어떻게든 해야 하잖아요!"

"뭘, 어떻게 하니?"

"제가 사랑하는 사람이 …… 간밤에 아빠가 준 권총으로…… (더듬거리며 말을 제대로 잇지도 못한다) 어쩌면 정말로…… 어쩌면 방아쇠를……."

이쯤 되자 아빠는 이미 돌이킬 수 없는 일을 차마 인정하기 싫다는 듯 귀를 막는 반면, 뤼크레스는 고무장갑부터 벗어던지고는 사태 수습에 나서는 분위기다.

"어떻게 해야 할지는 내가 알겠어요, 미시마."

"어떻게?"

"지금 당장 '트리스탄과 이졸데' 꽃집에 가서 그가 오늘 아침 지나다니는 걸 보았냐고 물어보세요. 그동안 나는 모세 동에 사는 그 사람 어머니를 찾아가볼게요. 마릴린은 어서 묘지로 가보아라. 그리고 너, 너는 우리가 돌아올 때까지 문은 열지 말고 기다리고 있어. 너한테 가게를 맡기는 거니 잘 지키고 있어야 한다!"

"네? 제가요?"

알랑이 놀란 표정으로 홱 돌아본다.

18

뤼크레스와 미시마는 조금 후인 오전 아홉 시 함께 가게로 돌아온다. 다만, 명실상부한 '자살가게'로 자리 잡은 이 케케묵은 신비의 장소 정문이 아닌 뒷문을 통해서. 하지만 막내는 사람 들어오는 소리를 전혀 듣지 못한다. 지지직거리는 소리로 미루어 귓구멍 깊숙이 워크맨 리시버를 꽂아 넣은 듯한데, 뭔가 분주히 움직이면서 지극히 낙천적인 노래 가사를 혼자 정신없이 흥얼대고 있다.

"작은 것만으로도 우린 행복할 수 있다네. 정말이지 작은 것만으로도 우린 행복할 수 있어!"(『정글북』에 나오는 곰 발루가 부르는 노래)

금발의 곱슬머리 소년은 노래 리듬에 따라 왼손가락을 퉁겨가며 창가에 있는 깔때기 모양 복주머니를 들쑤시는가 하면, 오른손으로는 새큼한 맛의 사탕을 하나씩 끄집어내 이리저리 살펴보다가 둘 중 하나는 뤼크레스의 양동이 속에 냉큼 던져버리는 중이다. 그러면 독이 섞인 물에 그 사탕들은 여지없이 녹아 없어져버리고 만다.

"작은 것만으로도!"

"쟤 지금 무슨 짓 하는 거지?"

미시마가 중얼거리자 뤼크레스가 대답한다.

"사탕을 하나하나 햇빛에 비춰봐서 청산칼리 묻은 것들만 골라 버리고 있는 거예요."

"오, 이런⋯⋯."

순간, 튀바슈 부인의 손바닥이 허겁지겁 남편의 입을 막았고, 그 바람에 튀바슈 씨는 엉거주춤 이중 진열대 끝을 헛짚으며 둘둘 말려 있던 밧줄 꾸러미를 건드린다. 와르르 타일 바닥으로 한꺼번에 쏟아져 내리는 밧줄 꾸러미.

그제야 창가에 바짝 붙어 있던 알랑이 쓱 돌아본다. 주근깨가 별자리처럼 돋은 어린애 얼굴로 알랑은 가만히 리시버를 뽑더니 입으로는 계속 흥얼거리면서 창가를 벗어난다. 그러고는 면도날을 하나 집어 들고 바닥에 어질러진 밧줄 꾸러미를 끌어모으는 척하면서 되는대로 여기저기 흠집을 내기 시작한다.

"작은 것만으로도 우린 행복할 수 있다네. 정말이지 작은 것만으로도……."

그는 손가락에 잔뜩 침을 바른 뒤, 여전히 노랫가락을 흥얼거리면서 밧줄에 난 거친 홈집을 골라 정성껏 문질러 표가 안 나게 만든 다음, 다른 밧줄들과 한데 뒤섞어놓는다. 부부는 둘 다 기가 막혔지만, 계단 뒤쪽에 숨은 채 잠자코 계속해서 아들을 지켜보기로 한다. 이제 알랑은 행복한 곰의 건들거리는 춤을 흉내 내면서 계산대 쪽으로 걸음을 옮기고 있다.

"그대 마음에서 모든 시름 다 떨쳐버리고, 인생의 좋은 면을 보도록 하세! 그러면 그대 또한 달콤한 꿀맛 날름대는 곰이 될 수 있다네!"

이어서 그는 아빠가 직접 찍어 만든 콘크리트 블록에다 면도날을 마구 긁어댔고, 날이 무뎌져서 더 이상 아무 해도 끼치지 못할 정도가 되자 다른 것들과 슬쩍 뒤섞어놓는다.

또한 앨런 튜링식 자살 세트가 들어 있는 투명 플라스틱 상자 몇 개를 열고는 그 안의 독 있는 사과들을 다른 사과들로 바꿔치기한다.

"쟤가 대체 저 사과들은 어디서 가져온 거야?"

미시마가 속삭이며 묻자 뤼크레스가 대답한다.

"식당 과일바구니에서 가져왔을 거예요."

"제발 저 바꿔치기한 것들을 도로 거기에 갖다놓지나 말았
으면 좋겠구먼…… 에잇, 빌어먹을!"

튀바슈 씨는 더 이상 못 참겠다는 듯 으르렁대면서 계단 밖
으로 불쑥 나선다. 그와 동시에 뻐꾸기 괘종시계에선 죽음의
사자가 툭 튀어나와 "뻐꾹! 뻐꾹!" 아홉 시를 알리기 시작하
고, 자동으로 라디오가 켜지면서 아침뉴스가 흘러나온다.

"기상대 일기예보입니다! 날씨가 엉망입니다. 지독한 황산비가 쏟아
져 내릴 전망이며……."

튀바슈 씨는 당장 라디오부터 끈 뒤 막내를 향해 버럭 소리
치고, 깜짝 놀란 막내는 자기를 낳아준 양반이 무얼 가지고
노발대발인지 듣기 위해 허겁지겁 귓구멍에서 리시버를 빼
든다.

"너라는 녀석은…… 이제는 도저히 어쩔 수가 없다!"

괘종시계 속 죽음의 사자는 정각 아홉 시를 알리려는 일념

으로 점점 짜증스러워지는 '뻐꾹' 소리를 아홉 번이 될 때까지 반복하고 있다. 거기에다 대고 미시마는 독이 든 사과 한 알을 냅다 던진다. 죽음의 사자가 덜컹 흔들리는가 싶더니 피나무로 만들어진 모가지가 댕강 떨어져 나가고, 사과는 거대한 낫에 콱 박힌다. 머리도 날아간 채 이미 중심마저 잃고 기우뚱해 있는 죽음의 사자…… 낫에 박힌 사과에서 기분 나쁜 사과즙이 뚝뚝 떨어져 그것이 걸친 의상에 젖어들고 있다.

미시마의 혀는 지금 선풍기 날개의 회전속도가 무색하리만치 입안에서 빠르게 회오리치고, 더불어 알랑의 금발은 그 앞에서 풀풀 흩날리고 있다. 천사 같은 얼굴로, 아들은 아버지가 내뿜는 분노의 바람 앞에 다소곳이 눈을 내리깔고 있다.

"너 2주간의 겨울방학 동안 모나코에 가서 자살특공대 연수를 밟도록 해라!"

그러자 뤼크레스가 두 손으로 머리를 움켜쥔 채 허둥지둥 달려나온다.

"오, 안 돼요, 미시마! 모나코는 안 돼요. 아무리 그래도 그렇지……."

"안 되긴 뭐가 안 돼!"

"하지만 여보, 그곳은 온갖 야만적이고 증오에 사무친 정신 나간 인간들 천지잖아요! 우리 아이는…… 그런 데 보내기엔 정말이지 너무……."

"그래야 녀석 머리에도 뭔가 심지를 박아 넣을 수 있는 거야. 소명의식 좀 제대로 갖도록 하자 이거지!"

미시마는 우선 그렇게 아내부터 진정시킨 뒤, 아들을 향해 다시 소리친다.

"가서 짐부터 싸라! 시디는 가져가지 말고. 거기는 노래나 듣고 있을 만한 곳이 아니니까."

뤼크레스는 하늘이 무너지는 느낌이지만, 알랑은 자기가 감수해야 할 벌에서도 좋은 면만 보고 있는지 서슴없이 말한다.

"모나코요? 거긴 날씨가 덥겠죠? 그럼 선탠로션하고 수영복은 꼭 준비해 가야겠군요!"

19

"무슨 일인가, 에른스트? 안색이 아주 창백해!"

"아! 장모님…… 그 가면이요! 보자마자 겁이 나서 죽는 줄 알았습니다!"

"뱅상이 만든 가면 때문에 그 정도로 놀랐단 말인가?"

뤼크레스는 의외라는 표정이다.

젊은 묘지관리인은 쿵쿵 뛰는 가슴을 진정시키려고 계단에 걸터앉으며 말한다.

"그나저나 왜 그런 무시무시한 것들만 만든답니까?"

"우리 가엾은 알랑이 연수 떠나기에 앞서 형한테 조언을 했다는구먼…… 악몽에 나오는 괴물들을 본떠 가면들을 만들어서 불안한 마음을 비워버리면 좋을 거라고 말일세."

"그래도 그렇지…… 아이고……."

"우리 이이는 너무 예민해요…… 그렇지, 자기야……."

마릴린은 그저 좋아라 사내 곁에 바짝 다가앉아 그를 꼭 껴안는다.

그러자 미시마가 다가서며 한마디 하려고 한다.

"그래도 명색이 묘지관리인인데⋯⋯."

"하지만 이건 좀 아닌 것 같아요⋯⋯ 뱅상은 아무래도 상담을 좀 받아야 할 것 같습니다! 너무 심각해요⋯⋯."

젊은 묘지관리인이 어떻게든 자신의 반응을 정당화하려고 애쓰자 뤼크레스가 얼른 수습에 나선다.

"그만두게, 그 애는 이제 식욕도 되찾았고 뭐든 닥치는 대로 먹어서 오히려 탈이라네. 게다가 에른스트 자네도 알다시피, 우리 튀바슈 가문은 대대로 정신과의사라면 질색인 집안이야⋯⋯."

"그렇긴 하지만⋯⋯ 아이고⋯⋯ 근데 여긴 브랜디나 뭐 그런 거 한 잔도 없나요?"

"천만에, 우린 그런 거 안 키우네!(브랜디의 불어 명칭 eau-de-vie는 '생명수'라는 뜻을 가지고 있다) 그 대신 내 생각에는 말일세⋯⋯ 감정이 너무 예민하다든지 심장이 약한 사람들한테는⋯⋯ 이런 가면들이 비슷한 효과를 낼 수 있다고 보는데⋯⋯ 하여튼 두고 보세나!"

미시마는 가게 문에 달려 초인종 역할을 하고 있는 작은 금속 해골에서 딸그랑 소리가 나자 얼른 얘기를 매듭짓는다.

곱슬머리에 포동포동 살이 찐 아줌마가 가게 안으로 들어선다.

뤼크레스는 얼른 그 쪽으로 다가가며 쾌활한 목소리로 외친다.

"어서 와요, 마담 푸케-팽송! 정육점에 남은 그 알량한 외상값 때문에 오신 모양이구려?"

"아니, 그게 아니고, 그냥 내가 일이 있어서 온 거예요……."

"그래요? 무슨 일인데요?"

"최근에 알게 된 건데, 내가 앓아누운 뒤부터 우리 남편이 '바텔' 레스토랑 여종업원과 눈이 맞아 지내왔다고 합디다. 그래서 이 질긴 목숨 아예 이쯤에서 끝장내버릴까 싶어서요. 그렇지 않아도 건강이 영 시원찮아 살아도 사는 게 아닌 판국이었으니……."

"그러시겠죠, 그것도 심장에 문제가 있으시니……."

튀바슈 씨는 얼른 뱅상의 가면이 든 쇼핑백을 들고서 가식적인 목소리로 중얼대며 앞으로 나선다.

"자자, 마담 푸케-팽송, 제가 뭔가를 보여드릴 테니 우선 눈을 꼭 감아보세요……."

마치 도살장에 끌려온 짐승처럼 잔뜩 기가 죽어 다소곳한 정육점 안주인은 기다란 속눈썹을 내리깔며 순순히 눈을 감는다. 미시마는 거추장스러운 가면 끈을 여자의 목 뒤로 묶은 뒤, 죽은 짐승 살점을 팔아먹고 사는 이 여인 앞으로 거울을 쓱 들이대곤 말한다.

"이제 눈을 뜨고 자신을 살펴보시지요!"

푸케-팽송 부인은 슬며시 눈을 들어 새로운 모습을 취한 자신의 얼굴을 대면한다.

"으아아악!"

양 볼은 필경 뱅상이 부엌 쓰레기통을 뒤져서 꺼내온 닭 살점으로 덕지덕지 주물러 만든 것일 테고, 이마와 턱의 살갗은 너덜너덜한 걸레를 마구잡이로 찢어 붙인 것이며, 코는

먹을 따다 죽은 영계 부리로 끼워 맞춘 꼴이다. 두 눈이 있어야 할 얼굴 양쪽에는 공원 분수대 같은 데서 좌판 깔고 파는 싸구려 팽이장난감의 바로 그 빨갛고 파란 플라스틱 팽이가 빙글빙글 돌면서 음악 소리까지 내고 있다. 그런가 하면 개방골절을 당한 양의 넓적다리 살로 버무려진 입술 새로 두 줄의 치아가 크리스마스트리 장식용 조명처럼 요란스레 깜빡거리고 있다! 이만하면 병상이 보낸 밤들이 그리 편안하진 못했으리라는 게 분명하다. 그의 악몽이 고스란히 담긴 이미지는 바람난 남편 때문에 자살을 결심한 이 심장병 앓는 아낙의 마음을 기겁하게 만드는 데 전혀 부족함이 없다. 또한 가짜 거미들과 독충들이 우글거리는 텁수룩한 머리채도 충분히 질겁할 거리다. 가만 보니 가면의 빙글빙글 돌아가는 팽이 눈에는 기발한 장치가 되어 있어서 한 바퀴씩 돌 때마다 연기를 풀풀 뿜어대고 있다.

"으아아아아!"

급기야 정육점 여주인은 그 자리에 쓰러진 채 꼼짝도 않는다. 미시마는 얼른 그 옆에 무릎을 꿇고서 찬찬히 살핀다.

"마담 푸케-팽송? 마담 푸케-팽송!"

잠시 후, 몸을 일으키며 미시마가 한마디 내뱉는다.

"이거 먹혀드는걸."

20

이제 마릴린은, 적어도 자신의 표현에 따르자면, 발한현상을 통해 감염을 유발하는 존재다. 그녀는 손님들과 악수를 하며 말한다.

"죽음의 가호가 함께하길 바랍니다, 무슈."

지금 가게 안에서 그녀와 마주하고 있는 단 한 명의 손님인 가냘픈 체격의 어느 장난기 가득해 보이는 젊은이가 깜짝 놀라며 묻는다.

"아니, 그게 다요? 그걸로 충분하단 말입니까?"

튀바슈 가의 외동딸은 손바닥의 발한현상을 부추기기 위해 두터운 면장갑 속에 오른손을 가지런히 집어넣으며 아무렇지도 않게 대답한다.

"그럼요. 그렇고말고요. 저의 살인땀이 이제 손님의 피부 구멍 속으로 침투해 들어가서 조만간……."

그러자 손님이 슬쩍 떠본다.

"혹시 죽음의 '쪽쪽'도 살짝 받아볼 수는 없겠소?"

"좋아요, 살짝 하는 것쯤이야 얼마든지."

마릴린은 몸을 숙여 사내의 한쪽 볼에 육감적인 벌건 루주 자국을 꾹 찍어준다. 한데 손님이 금세 실망한 얼굴이다.

　"아니, 이런 게 아니지! 내 말은, 여기 입술에다 침이 잔뜩 밴 혀로 하는 걸쭉한 키스 있잖소! 예전에 당신이 해주던 그런 거 말이요. 아무래도 그게 제일 확실하지……."

　번쩍거리는 의상 속에 과육果肉처럼 농염한 몸을 감춘 금발의 여인은 얼른 옥좌 위에 자세를 고쳐 앉으며 딱 잘라 대답한다.

　"천만에요, 그건 끝난 일입니다! 지금은 묘지관리인의 약혼녀가 된 몸이기에 더는 해드릴 수 없습니다."

　그렇게 말하는 마릴린의 얼굴이 발갛게 상기되면서 두텁게 마스카라가 칠해진 가짜 속눈썹이 파르르 떨린다.

　젊은이는 속으로, '그러면 그렇지 재수 옴 붙은 놈의 인생!' 구시렁대면서 계산대로 다가간다.

　"얼마요?"

　"12유로엔입니다."

"12유로엔이요? 나 이거야 원, 돈 한번 기막히게 버시는구먼…… 고작 손 한 번 잡아주고는 12유로엔이나 챙기다니!"

"네, 그렇긴 합니다만, 일단 손님께서도 원하는 대로 사망하시니까요."

튀바슈 씨는 안색 하나 달라지지 않고 깍듯이 대꾸한다.

"아, 물론 그래야죠! 값이 그 정도인데……."

이래저래 속만 상한 손님은 출입문의 딸그랑거리는 해골을 뒤로한 채 가게를 빠져나가고, 튀바슈 씨는 그저 고개만 설레설레 저을 뿐이다. 지금 시각은 정각 오후 다섯 시! 뻐꾸기 괘종시계에는 피나무로 깎아 만든 죽음의 사자가 머리도 없이 기우뚱한 자세로 자판 위의 작은 문에 끼인 채, 여전히 들어가지도 나오지도 못하고 있다. 그러면서 물컹해진 사과가 박힌 낫을 애처롭게 꺼뜨럭거리며 마치 딸꾹질이라도 하듯 시각을 알리려 애쓴다.

"뻐끄!"

미시마는 고개를 번쩍 들고 한마디 한다.

"얼씨구, 꼴값하고 있네…… 이젠 여기 뭐 하나 제대로 돌아가는 게 없다니까."

순간 라디오가 지지직하고 켜진다.

"지방정부는 우리 자살특공대들에 의한 테러 공격이 곧 임박했음을 장담하고 있습……."

미시마는 냉큼 라디오를 끄면서 내뱉는다.

"이놈의 라디오도 이젠 슬슬 지겨워진단 말이거든!"

"하지만 여보, 뉴스가 나오는 시간마다 저절로 켜졌다가 노래라든가 버라이어티쇼가 나올 땐 자동으로 꺼지도록 라디오를 프로그래밍한 건 바로 당신이에요! 당신이 툭하면 그랬잖……."

멀쩡한 뉴스를 못 듣게 되어 안달이 난 뤼크레스가 신나게 투덜대다 말고 애꿎은 입술을 질끈 깨문다.

반쯤 머리가 벗겨졌지만 나름대로 로마 황제처럼 잘생긴 남편이 가게 저 안쪽 신선고에 죽치고 앉아 있는 마릴린을 뚫어져라 꼬나보고 있는 것이다. 그녀는 두터운 면장갑을 낀 손으로 아무 생각 없이 여성잡지를 뒤척이고 있다.

"지금 하는 짓들은 영 점잖지가 못해. 아마 조상님들이 이 꼬락서니를 보면 창피해서 도로 무덤 속에 기어들고 말 거 야. 이제는 아예 잔칫상 눈요깃거리나 될 우스꽝스러운 가면 까지 팔고 앉아 있다니…… 예전에는 그런대로 품위가 넘치 던 가게였는데, 갈수록 점점 무슨 시시껄렁한 우스개 장난감 가게처럼 되어간단 말이거든!"

"웬걸요, 사람들이 무서워서 죽는다잖아요……."

"오, 잘도 그러겠구만, 뤼크레스! 이따위 가면들로 누가 죽 는대? 병원에서 갓 나온 심장병 걸린 여편네가 고작이겠지. 예민해빠진 젊은 묘지관리인도 섬뜩해하긴 했지…… 하지만 그렇지 않은 사람은 과연 어떨까? 당신도 나만큼 잘 알고 있 을 거야, 사람들이 우리한테 이런 가면들을 사가는 건 그저 생일 때 맞춰 모두 다 함께 즐기며 놀아보자는 마음에서라는 거 말이야."

"어쩌면 촛불을 불면서 웃느라 죽을 수도 있겠죠……."

"어련하시겠어, 당신 생각이야 항상 옳은 게 당연하겠지, 안 그래?! 내가 슬쩍 뒤돌아 서 있을 때마다 당신이 창가에서 사탕들을 이리저리 비춰 본다는 걸 내가 모른다고 생각하는 모양인데…… 여기 이 유리병 속에 독 있는 사탕은 이제한 알도 없다는 거, 내 장담하지! 어쩌다 내가 지하창고로 내려갈 때마다, 당신이 손수건으로 눈물까지 훔쳐주면서 아이들한테 사탕 한 움큼씩 쥐어주는 소릴 내가 못 듣는 줄 아나봐?! 이렇게 말하는 소리가 내 귀에도 다 들린다구. '잘될 거다, 잘될 거야…… 부모님이 걱정들 하고 계실 텐데 얌전히 들어가도록 해요!' 오, 이런 젠장! 모두 다 꽁무니를 빼겠다이거야! 뤼크레스 당신마저 이제는 비딱하게 어깃장을 놓고있다구…… 언제부터 모든 게 뒤틀려버렸는지 나도 잘 알아. 도대체 그놈의 구멍 뚫린 콘돔은 왜 시험해보려고 했던 거냐구! 그나저나 거기 당신 금전등록기 앞에 테이프로 붙인 그건 또 뭐야?"

"오늘 아침에 받은 건데, 알랑한테서 온 우편엽서예요……."

엄마가 기어들듯 대답한다.

"어디 좀 봅시다. 어떤 그림을 골랐는지 궁금하군…… 음, 폭탄 홀로그램이라…… 괜찮군! 어라, 그럼 그렇지, 녀석이 또 이 위에다 스마일을 그려 넣었구먼!!!"

"아, 그래요?"

"그걸 몰랐단 말이야, 뤼크레스? 그럴 리가, 나보다 먼저 알아챘을 텐데……."

미시마는 엽서를 가지고 지하실로 내려가면서 계속 구시렁댄다. 지하실은 물에 뛰어들거나 창문 밖으로 몸을 날릴 때의 투신용 블록을 주조하기 위한 시멘트 부대로 빼곡하다.

"아, 이 녀석, 제발 거기 가면 좀 쓸 만한 녀석으로 단련되어 돌아오든지…… 아니면 아예 순교자가 되어버리든지…… 그러면 좋으련만……."

뤼크레스는 마치 제 살을 먹어야 사는 사람처럼 손톱을 맹렬히 물어뜯으면서 먼 산만 바라보고 있다.

21

미시마는 머리 위로 뚜껑문을 닫고서 파리한 전등을 켠 다음, 영혼마저 곤두박질칠 것 같은 깎아지른 계단을 내려간다. 그는 이제 벽에 기대앉은 채, 지하 채광창을 통해 비쳐드는 겨울날 오후의 저물어가는 햇살 아래 알랑이 보낸 홀로그램 엽서를 읽기 시작한다.

'사랑하는 엄마, 아빠 보세요……'

순간, 미시마는 왠지 가슴 한복판을 빛이 가르고 지나가는 느낌이다. 가게에서나 2층 아파트에서는 종종 기운이 차고 넘쳐 괄괄하기 이를 데 없는 사람이 이곳 지하실 구석에 앉아 막내로부터 온 사연 몇 줄을 읽는 동안에는 전혀 그런 태도가 아니다.

'제 걱정은 하지 마세요. 모든 게 다 잘될 거예요……'

아, 이 못 말리는 낙천주의자, 요 철 모르는 요정 같은 녀석! 해가 빠르게 저물면서 어둠이 천지간 스멀스멀 차오르고 있다. 하늘은 상자처럼 천천히 닫히는 중이다. 지금은 병자들의 고통이 선명해지는 시각, 어둔 밤이 그들의 모가지를 틀어쥐기 시작한다. 죽은 자들의 거처와도 같은 지하, 절망의 바닥에 마련된 제단에서 미시마는 애처로우면서 어딘지 모르게 묘한 일성一聲을 내뱉는다.

"알랑……."

하나의 중얼거림에는 못 미치면서 몽환의 헛소리보다는 선명한 무엇이라고나 할까. 손가락 사이로 블록제조용 모래가 새어 나가고, 마치 차가운 물처럼 부끄러운 마음이 대신 차오른다. 일주일 전부터 매일 밤 그는 엄청난 악몽에 시달리면서 물에 빠진 사람처럼 발버둥을 치고 있다. 침대에서 이리 뒤척 저리 뒤척 하지만 불면증은 좀처럼 가시지 않는다. 심지어 자면서까지 그는 이렇게 외치고 있다.

"알랑!!"

길가로 향한 지하실 쇠창살 사이로 사람들의 구둣발 소리가 들려온다. 그 단조로운 소리는 흡사 자신이 누워 있는 관에 못질하는 소리 같다. 그러고 보니 완연한 황혼이다. 자갈들이 푸르스름해진다. 세상 누군가에게는 여전히 실감나는 저녁, 누군가에게는 여전히 으스스 어깨 움츠러들 만한 시각이다. 황산비는 '더 이상은 견딜 수가 없어요, 지금 벌어지는 모든 일을 더는 견딜 수가 없어요'라고 말하는 듯하다. 하나의 평행봉으로부터 모든 균형이 이루어졌을 때, 미시마는 철삿줄 위에서 스스로 자유롭다고 느꼈다. 그런데 막상 알랑이 사라지자, 균형을 맞춰주는 것은 아무것도 없다. 바깥에서는 전차가 요란한 굉음을 내지르고, 지하실 깊숙한 곳에선 모든 것이 감행치 못하고 있는 자살처럼 보인다. 섬세한 모래는 가물가물 별빛을 발하고, 미시마는 스스로를 자체의 무게 말고는 따라야 할 다른 법칙을 갖고 있지 않은 눈앞의 한 장 콘크리트 블록처럼 느끼고 있다. 알랑이 벗어놓고 간 옷이 의자 등받이에 축 늘어져 있다. 아빠는 얼른 그 옷을 집어 들어 머리를 파묻고는, 어느새 눈물의 저수조처럼 되어버린 자신의 마음을 안에다 실컷 비워낸다.

흐느끼는 소리를 들었을까? 가게 금전등록기 근처 뤼크레스는 뚜껑문을 빠끔히 열고 어슴푸레한 아래를 향해 소리친다.

"미시마, 괜찮아요? 미시마……!"

22

"오늘 아침에는 손님이 별로 없네……."

"그러게요, 아주 전멸이네요."

"아마 어제 경기에서 이겨서 그럴 거야."

"그럴지도 모르죠……."

그때 젊은 부랑자 한 명이 '자살가게'로 들어선다. 편물 누더기를 온몸에 둘둘 말아 거대한 망토처럼 걸친 지저분한 몰골이다. 여기저기 더러운 얼룩이 묻은 바지는 축 늘어져서 걷는 데 방해가 될 것 같아 보인다. 신발이라고 해봐야 너덜너덜해진 쓰레기봉투를 되는대로 발에 휘감은 게 고작, 그는 마른기침을 섞어가며 쉰 목소리로 묻는다.

"저, 자살을 하고 싶은데 적당한 방법이 있을지 모르겠습니다. 제일 싼 걸로 어떤 게 있나요?"

암록색 셔츠에 소매 없는 적갈색 브이넥 스웨터 차림의 미시마가 얼른 대답한다.

"무일푼인 사람들은 대개 우리 가게 포장봉투를 뒤집어쓴 채 질식사하는 방법을 택하지요. 제법 질기거든요. 보세요,

주둥이에 밀폐용 끈까지 달려 있어서 사용자의 목을 제대로 조일 수가 있답니다."

"그게 얼마 정도 하나요?"

"오, 그냥 됐습니다……."

튀바슈 씨는 입가를 비죽거리면서 씩 웃는다.

붉은색 빵모자 아래로 먼지와 때가 덕지덕지 엉겨붙은 머리카락이 보기 싫게 비어져 나온 채, 젊은 부랑자는 썩은 치열을 잔뜩 드러내며 난데없는 푸념이다.

"이 몸이 당신네처럼 너그러운 사람들과 좀 더 자주 마주쳤더라면, 여기 이러고 있지 않았을 텐데 말입니다…… 아니면 이렇게 주의 깊고 따뜻한 분들을 부모로 가졌기만 해도……."

미시마는 슬슬 짜증이 치밀기 시작한다.

"자 그만 됐어요!"

그러나 감사하는 마음을 주체 못 한 부랑자는 선물받은 포장봉투를 보란 듯이 흔들며 말한다.

"감사의 뜻으로 제가 이 봉투를 저기 가게 맞은편 벤치에서 뒤집어쓰고 있겠습니다. 행인들이 봉투에 새겨진 가게 이름을 잘 알아볼 수 있도록 말입니다. 그러면 아마 광고가 제법 될 거예요."

피곤해진 미시마는 가게 문을 직접 열어, 바깥의 차가운 공기를 들이치게 하고는 빠르게 내뱉는다.

"자자, 됐다니까요…… 어휴, 추워라! 어서 그만 나가주십시오!"

도로 문을 닫은 다음, 튀바슈 씨는 살짝 몸서리가 나는 걸 추스를 겸, 양팔을 교차해 어깨에서 팔꿈치까지 셔츠 위를 두 손으로 마구 문질러댄다. 그러고는 창가에 쌓여 있는 깔때기 모양의 복주머니 몇 개를 옮기면서 유리창에 서린 김을 손바닥으로 쓱 닦아낸다.

아니나 다를까, 방금 나간 젊은 부랑자는 도로 건너의 벤치에 앉아 있다. 그는 아무 망설임 없이 봉투를 뒤집어쓰고는 그 입구가 목을 꽉 조이도록 부착된 끈을 잡아당긴다. 그러고 보니 흡사 목에서 꽃다발이라도 돋아난 것처럼 보인다.
그 꽃다발은 금세 요동치기 시작한다. 팽팽하게 부푸는가 싶
더니 곧바로 납작 쪼그라들고, 다시 터질 듯 부푸는 것이다.
그럴 때마다 표면에 새겨진 '자살가게'라는 상호명이 마치
장막腸膜으로 만든 풍선의 글씨처럼 따닥따닥 소리를 낸다.
두 발은 서로 교차하고 양손은 그 묵직한 거적때기 같은 망
토 주머니 속에 가지런히 넣은 채, 부랑자는 머리를 덮은 봉
투가 폭삭 쪼그라든 상태로 비스듬히 옆으로 기울어져 숨이
멎는다. 덕분에 봉투 이쪽 면에 새겨진 문안까지 선명하게
드러난다. 실패한 삶을 사셨습니까? 저희 가게로 오십시오. 당신의 죽
음만큼은 성공을 보장해드리겠습니다! 잠시 후 부랑자의 몸뚱어리
가 차가운 보도블록 위로 풀썩 쓰러진다.

마치 레일 위를 미끄러지듯 소리 없이 남편 옆으로 다가가
면서 뤼크레스도 모든 광경을 지켜보고 있다. 새 모가지처럼
가느다란 목을 곧추세운 품새가 유난히 품위 있고 우아하다.
앞섶을 살짝 풀어헤친 빨간 비단 상의 위로 밤색 머리 타래

를 바짝 빗어 넘긴 모양은 이마 꼭대기에 바람을 한 움큼 머금은 것처럼 보인다. 다소 긴장한 듯 길게 찢어진 그녀의 입술이 서서히 일그러지면서 두 눈가에도 마치 무언가 잘 보이지 않는 것, 너무 멀리 있는 것을 보려는 듯 잔주름이 일기 시작한다.

"최소한, 더는 추워 고생은 안 하겠군요."

"누구 말이야?"

미시마는 깔때기 모양의 복주머니들을 허겁지겁 제자리에 갖춰놓고는 얼른 돌아선다. 가게 천장을 가로지르며 숨죽인 듯 흐르는 흐느낌 속에서 가끔씩 욕설과 탄식 그리고 자조 섞인 웃음소리가 들리고 있다.

"오늘은 뱅상이 일찍부터 뭘 만드는 모양이로군. 마릴린은 아직 내려오지 않은 거지?"

"에른스트하고 침대에서 뒹굴고 있겠죠." 뤼크레스가 무덤덤하게 대답한다.

"으아아! 우우우!! 우아아아악!"

뱅상은 자기 방에서 폭탄 그림이 그려진 회색 젤라바 차림으로 극심한 두통을 호소하고 있다.

"알랑!"

이대로 가다간 두개골이 폭발해서 그 뼛조각이 사방으로 튈 것만 같은 분위기다. 어찌나 긴 붕대로 두텁게 머리를 동여맸는지, 어느 수염 난 탁발 고행자의 행색이 떠오를 정도다. 위기에 처한 예술가의 피투성이 얼굴, 인류의 상처 뱅상은 속이 뒤집힌 해바라기의 눈을 희번덕거리며 무시무시하게 불똥 튀기는 잉걸불 같은 인상을 이글거리고 있다. 전보다 살은 조금 붙었지만 여전히 깡마른 체격에 삶이 갈가리 찢긴 자의 격렬한 기질이 그대로 드러나는 몰골이다. 온갖 환영에 시달리는 정신병자의 과열된 벽돌색 얼굴. 그가 광란의 붓으로 사방팔방 손대고 주무른 광인의 가면에는 하나의 알 수 없는 파동이 휘감아 돌고, 갓 짜낸 원색과 더불어 가면의 온갖 이질적인 재료들과 뒤섞인 광채가 절규하고 있다.

"알랑!"

그의 작업대 램프에 붙여놓은 동생의 홀로그램 엽서에는 이렇게 적혀 있다.

형은 이 도시를 대표하는 예술가야!

간이벽을 사이에 둔 오른쪽 방에는 에른스트가 마릴린의 배를 깔고 엎어진 자세로 사랑의 춤을 추고 있다. 누가 보면 마치 무덤을 애무하는 자세처럼 보일 법도 하다. 그러다가 이따금 애인의 입에서 신물이라도 솟아 나올라치면 이빨 사이사이 스며 나오는 그 물기를 싹싹 핥으면서 속삭인다. "당신은 마치 단도처럼 내 심장을 파고들어……" 튀바슈 가의 외동딸은 연신 입술을 움직거리고, 두 사람이 서로 나누는 아름다운 애무는 장밋빛 입김에 휩싸여간다. 구석의 꽃들이 몽롱해지면서, 소리와 향기가 대기를 감돈다. 우울한 왈츠와 고통스러운 현기증이 방 안을 지배한다. 볼록한 방패와도 같은 마릴린의 젖가슴에서 섬광이 일고, 젊은 묘지관리인은 마치 돌부리에 걸리듯 자기가 하는 말에 걸려 쩔쩔맨다. "다-다-

다-당신을 사랑해!" 그는 여자를 꼭 껴안아 그 영혼을 보듬는다. 서른두 개의 치아가 만드는 그녀의 불멸의 미소는 지금껏 누구도 가보지 못한 곳으로 사내를 이끌어간다. 마치 태양으로 나서는 한 아름다운 범선과도 같은 느낌을 불어넣는 것이다. 팔꿈치를 쿠션에 묻고 바람을 한껏 가슴에 안은 반라의 세이렌이 축제의 분위기를 띄운다. 그녀 역시 열정적인 연인이기에 고개를 들어 몸을 뒤집는다. 벽에 압정으로 박힌 우편엽서가 눈에 들어온다.

누나는 가장 아름다운 여자야!

뤼크레스, 마릴린, 미시마, 뱅상…… 그 모두에게 알랑의 존재가 아쉽다. 마치 삶의 의미가 아쉬운 것처럼…….

23

"뻐꾹!"

깜짝 놀란 아빠가 괘종시계를 바라본다.

"어, 저거 제대로 가는 거야?"

그러고는 다시 아래를 내려다보며 말한다.

"그나저나 당신 거기서 뭐 하는 거야?"

독약 전시대 앞에서 엄마가 몸이 비참하게 뒤틀린 어느 노파에게 줄 약병을 싸고 있다. 먼 옛날, 한때는 여자였을 그 만신창이 괴물이 투덜대고 있다.

"이제는 늙는 것도 지긋지긋해······."

아이처럼 몸집이 오그라든 이 연약한 존재가 손에 포장봉투를 쥐고 서 있는 꼴은 마치 새로운 요람을 향해 떠날 채비를 한 모습 같아 보인다. 그녀가 흘리는 눈물이 강줄기를 이룰 수도 있을 것 같다. 문득, 뒤를 돌아보는 뤼크레스의 입에서 탄성처럼 한 이름이 튀어나온 건 바로 그때다.

"알랑!"

어깨에 보따리를 둘러메고 바람에 헝클어진 머리로 집안의 막내아들이 금전등록기 옆에 멀뚱하니 서 있다. 갑자기 여름 햇살이 가게 안을 쨍하니 가르고 지나가는 듯하다. 엄마는 아들을 향해 와락 달려들며 소리친다.

"내 아기, 살아 있었구나!"

창문으로 희망이 비쳐들고 있다. 신선고의 마릴린은 한 손님과 악수를 급하게 해치워버린다.

"네 네, 죽음의 가호가 있기를 빕니다!"

그러고는 너른 치맛자락으로 공기를 휘저으며 동생한테로 부랴부랴 달려간다. 가슴이 북처럼 두방망이질한다.

"알랑!"

그녀는 동생을 덥석 껴안고, 양 볼을 마구 어루만지는가 하면, 손을 부여잡기도 하고, 헐렁한 옷깃 속으로 손을 집어넣어 맨살을 더듬어보기도 한다. 그걸 보면서 마릴린의 손님이 기겁을 한다.

"아니, 동생도 죽이려는 겁니까?"

"네? 아, 아뇨, 천만에요!"

손님은 알 수 없다는 표정으로 12유로엔을 지불한다. 그런 다음, 알랑의 어깨와 팔뚝에서 마치 광채처럼 뿜어져 나오는 건강미에 눈이 휘둥그레진 채, 만신창이 노파와 함께 주춤주춤 가게를 나선다. 그제야 엄마는 마음껏 소리쳐 부른다.

"뱅상! 뱅상! 어서 이리 내려와봐라! 알랑이 돌아왔어요!"

뱅상은 한 손에 초콜릿 상자를 들고 입으로는 그 내용물 하나를 우물거리면서, 계단 꼭대기에 모습을 드러낸다. 그가 서 있는 자리 가까이엔 작은 쪽문이 하나 있는데, 그 뒤로는 이 오래된 종교적 건축물(성당, 신전, 아니면 모스크?)의 망루로 통하는 나선계단이 자리 잡고 있다. 쪽문 아래 틈새로 불어닥치는 북풍에 폭탄 그림이 그려진 그의 젤라바 자락이 휘날린다. 알랑은 계단을 올라가 형을 껴안는다.

"세상에, 우리 예술가 형 볼에 살이 붙었잖아!"

터번을 두른 우리의 반 고흐는 동생의 옷에 그려진 그림을 흥미롭다는 듯 찬찬히 뜯어본다. 어항이 하나 있고 바닥에 이런 글자가 적혀 있다. 굿바이. 어항 밖으로 빨간 물고기 한

마리가 물을 뚝뚝 흘리면서 날아가는데, 보따리를 매단 풍선이 줄로 연결되어 있다. 어항 속에는 또 다른 물고기 한 마리가 남아서 물방울을 만들어내며 이렇게 외치고 있다. 안 돼, 브라이언! 그러지 마!

뱅상은 웃지도 않고 묻는다.

"이게 뭐니?"

"그냥 유머야."

"아하!"

계단을 내려온 미시마는 고개를 뒤로 젖히듯 위를 향해 알랑에게 묻는다.

"근데 어떻게 이리 일찍 돌아온 거냐?"

"저 퇴소당했어요."

아들은 놀랄 만큼 솔직한 눈빛이다. 하늘의 공기, 바다의 물방울처럼 자유롭고 편안하게 자신의 미소를 승리의 카펫처럼 사뿐히 지르밟으면서 그는 계단을 내려온다.

"저야 그곳이 한참 재미있었지만 교관들한테는 그게 아니었던 모양이에요. 그렇지 않았더라면 함께 인간폭탄으로 훈련 중인 그곳의 다른 학생들도 얼마든지 저처럼 즐겁게 만들어주었을 텐데 말이죠. 한번은 흰색 망토에 눈구멍만 두 개 뚫린 뾰족한 두건 차림으로 모두 야간행군을 하는데, 걔네 배때기에 테이프로 붙인 플라스틱 덩어리에 관해 우스운 얘기를 조금 풀어헤쳤더니 다들 배꼽을 잡고 넘어가더라니까요. 그런가 하면 니스의 모래언덕에다 모두들 오줌을 갈길 때도 내가 슬쩍 그 모래를 버무려서 장미꽃 모양을 만들어놓은 다음, 그게 다 낙타오줌이 섞인 모래를 바람이 조각해서 그리된 거라고 말해주자 다들 생의 신비에 눈이 휘둥그레지는 거예요. 그래서 모두들 쿵쿵! 내 가슴이 뛴다네, 쿵쿵! 신나게 노래를 부르면서 돌아왔답니다…… 반면 자살특공대 책임자 입장에선 재앙이 따로 없었죠. 기술적인 설명을 암만 해줘도 내가 아무것도 못 알아듣는 척했거든요. 나중에는 얼마나 답답했는지 자기 머리카락하고 수염을 마구 쥐어뜯더라니까요. 그러던 어느 날 아침, 참다못한 그 양반이 글쎄 자기 허리에 폭탄을 두르더니 폭발 장치를 손에 들고서 제게 이러는 겁니다. '잘 봐라! 이번 딱 한 번밖에는 시범을 보여줄 수가 없을 테니까!' 그러고는 그대로 자폭을 하더라구요! 그 즉시 저는 퇴소당하고 말았죠."

미시마는 아무 말 없이 고개를 끄덕이며 듣고 있다. 그건 마치 대사를 까먹은 배우와 같은 모습이다. 그러더니 이내 가게 안을 이리저리 서성이면서 중얼대기 시작한다.

"도대체 너라는 애를 어찌해야 한단 말이냐?"

그러자 뤼크레스가 활기찬 목소리로 대꾸한다.

"나머지 방학기간이야, 엄마를 도와 같이 독을 만들면 되죠 뭐!"

"저하고 같이 가면도 만들고요!"

계단 꼭대기에서 뱅상도 얼른 거든다.

"우하하하! 아, 이거 정말 묘하구먼! 하하! 아, 배가 다 아프네…… 숨도 못 쉬겠어! 아하!"

회색 옷차림에 모자를 쓰고 콧수염을 기른 빈약한 체구의 한 남자는 원래 침울한 기색으로 가게에 들어왔다. 그에게 뤼크레스가 뱅상과 알랑이 함께 제작한 가면을 건넨 것이다.

"우하하! 아무리 봐도 재밌어! 우하하하! 오, 이 망할 놈의 상판대기 좀 보라구!"

한편 미시마는 의자에 잔뜩 웅크리고 앉아 팔꿈치를 허벅지에 괴고 양손은 무릎 사이에 깍지 낀 상태로, 오늘 처음 개시를 하자마자 맞이한 이 손님을 힘겹게 고개 쳐들고 꼬나보는 중이다. 손님은 뤼크레스가 보여준 그 꼴사나운 가면 앞에서 가가대소 난리를 쳐대더니, 이제는 입에 손을 가져다 대야 할 정도로 도저히 웃음을 참지 못하고 있다.

"오! 도대체 어떻게 이런 걸 만들어낼 수 있단 말입니까? 어허허!"

"글쎄 우리 아이들이 간밤에 만든 거라니까요. 정말 잘 만들지 않았나요?"

"아하하! 하지만 참 골 때리는 얼굴입니다 그려. 이 눈들하고, 코 생긴 것하고…… 오, 저런, 이 코 좀 보라니까! 정말이지 말도 안 돼요!"

손님은 튀바슈 부인이 일부러 코앞까지 바짝 들이댄 가면 앞에서 포복절도하는 중이다. 그는 아예 웃다가 숨이 막혀서 기침을 하고 트림을 하느라 정신을 차리지 못하고 있다.

"오, 말도 안 돼! 세상에 이런 상판대기를 하고 어떻게 살아요! 절대 친해질 수 있을 낯짝이 아닌걸! 크흐흐…… 여자는 더하겠지! 이거야 원, 이딴 얼굴을 좋다고 할 여자가 세상에 단 한 명이라도 있겠소? 아하하하, 심지어 개나 쥐라도 넌더리를 치면서 꽁무닐 뺄 거외다, 아하하!"

손님은 웃느라 눈물까지 범벅인 상태로 어떻게든 숨을 돌려보려고 갖은 애를 다 쓰고 있다.

"내 말 못 믿겠으면 한번 시험이라도 해보쇼! 난 정말 못 참겠다니까!"

"정 그러면 이제 그놈은 그만 보시고 다른 걸 한번 구경하시죠."

보다못한 튀바슈 부인의 말에 손님이 대답한다.

"아니올시다. 난 이미 결정했어요. 푸하하! 근데 녀석이 왠지 딱한 느낌이에요. 정말이지 이런 멍텅구리가 없을 겁니다! 어항 속 금붕어라도 아마 이놈과 마주하고 있으니 기를 쓰고 밖으로 탈출해 날아가버리려고 할 거외다! 와하하하하!"

손님은 침까지 튀겨가며 웃는 건 물론 바지 속에 오줌까지 지리고 만다.

"오, 이거 죄송합니다! 창피해죽겠구먼…… 솔직히 괴상한 가면을 많이 갖고 계신다는 얘긴 들었습니다만, 이 정도일 줄이야…… 아하하하!"

"다른 것들도 보시겠습니까?"

"오, 아닙니다. 이보다 더 지독한 걸 보여줄 수도 없을 텐데요. 우하하하, 정말 웃기고 환장할 노릇이지! 누구라도 한 번만 보면 아주 질려버리고 말 거예요, 아하하!"

한편 지금까지 그저 멍하게 바라만 보고 있던 미시마는, 가면 앞에서 웃느라 거의 쓰러질 지경인 이 독특한 손님을 점점 뚫어져라 주시하기 시작한다.

"아이고, 내 가슴아! 아하하하하! 으흐흐, 정말 바보 멍청이 같아…… 우하하하!"

손님은 얼굴이 벌겋게 달아오르고 사지가 경련을 일으키면서 뻣뻣이 경직되고 있다. 그러고는 급기야 두 팔을 가슴에 포개고 손가락은 쭉 뻗은 채로 가면을 향해 외마디 소리를 내지르면서 그대로 바닥에 고꾸라진다.

"빌어먹을!!!"

그제야 미시마가 의자에서 벌떡 일어나더니 한마디 한다.

"두 번째야…… 대체 애들이 또 무얼 만들었기에 그래?"

뤼크레스는 남편한테로 돌아서서 들고 있던 가면을 쓱 내보인다. 아무 표정 없는 하얀 플라스틱 가면인데 콧잔등에는 알랑과 뱅상이 붙여놓은 거울이 반짝이고 있다.

"이 가면에 비치는 손님 자신을 잘 들여다보세요, 마드모아젤. 자신을 잘 살펴보시고 집에 가져다두세요. 댁 욕실이나 침대 머리맡에서 한 번씩 써보면 좋을 거예요."

"오호호, 아니다. 사양할게! 끔찍한 몰골이야 지겹도록 보아왔는걸……."

하지만 알랑은 계속해서 매달린다.

"그런 게 아니구요. 손님 스스로를 사랑하는 법을 배워야 해요. 자자, 어서 한 번만 저를 위해 부탁드립니다."

그러면서 거울 가면을 집어들어 굳이 고개를 돌리는 젊은 여자 앞으로 들이민다.

"안 돼. 할 수 없어……."

"아니, 왜요?"

"난 끔찍한 괴물이란다."

"뭐라구요? 대체 그게 무슨 소리죠? 손님은 다른 사람들하고 다를 게 없어요. 귀도 눈도 코도 다 똑같이 달려 있단 말예요…… 도대체 남과 다를 게 뭐죠?"

"잘 봐라, 애야. 내 코는 비딱한 데다 너무 길쭉해. 눈은 너무 가운데로 쏠려 있고. 볼따구니는 또 엄청나게 넓고 빵빵하단 말이다!"

"오, 저런, 무슨 말씀을 하시는 건지! 어디 한번 볼까요……."

알랑은 당장 계산대 서랍을 열더니 재봉용 미터자를 꺼내 주르륵 펼친다. 그러고는 끄트머리를 손님의 양미간에 댄 다음 코끝까지 길이를 잰다.

"자, 7센티미터입니다. 이게 어느 정도여야 한다구요? 5센티미터요? 이번엔 두 눈 사이를 재보죠. 여긴 어느 정도 더 떨어져 있어야 한다구요? 1센티미터 이상은 아니겠죠? 그다음 양 볼은…… 부담스러운 게 어느 정도라구요? 움직이지 마세요, 귓불 바로 아래서부터 정확히 재야 하니까…… 글쎄요, 한 4센티미터 남는다고 할 수 있겠군요."

"양쪽이 다 그런 셈이지."

"그래요, 양쪽 다 그렇다고 치죠. 하지만, 우주의 크기와 비교하면 그건 몇 밀리미터도 안 되는 차이라구요. 그걸 갖고

뒈질 일이 전혀 아니란 얘기죠! 손님이 가게에 들어왔을 때 제가 본 바로는요, 흡반 달린 여덟 개의 촉수라든가 12미터 짜리 더듬이 끝에 둥그런 눈알을 단 외계인 따위는 결코 아니더라 이겁니다! 아, 웃으시네요…… 얼마나 잘 어울리는지 한번 보세요!"

알랑은 그렇게 말하면서 백색 플라스틱 가면을 여자 손님 앞으로 얼른 들이댔고, 순간 손님은 목석처럼 굳은 얼굴이 된다.

"난 치아가 끔찍하단다……."

"아니에요, 결코 끔찍한 치아가 아니에요. 이가 삐뚜름하게 나서, 오히려 교정기 같은 걸 껴본 일이 없는 어린 소녀 티가 물씬 난다구요. 정말 인상적이에요. 자, 웃어보세요."

"넌 참 자상하기도 하구나……."

순간, "그럴 수밖에…… 자기 이빨은 그리 끔찍하지 않으니까……." 젊은 여자 손님의 등 뒤 저만치에서 웬 낮은 목소리 하나가 그렇게 중얼중얼하는 것을 누가 또 옆에서 곧바로 제지한다. "쉿……."

　미시마와 뤼크레스는 아까부터 면도날 선반 앞에 나란히 팔짱을 끼고 서서, 어떻게든 여자 손님한테 가면을 팔아치우려고 애쓰는 아들을 말없이 지켜보는 중이다. 젊은 여자 손님이라고 해봐야 허리도 없는 펑퍼짐한 등짝과 뚱뚱한 엉덩이, 기둥 같은 다리통이 보이는 전부다. 나머지 못생긴 얼굴의 이런저런 윤곽일랑 알랑이 들고 있는 백색 가면의 거울을 통해 대충 파악이 되는 정도.

　"웃어보세요! 그냥 모든 걸 자연스럽게 받아들이세요. 이 동네에선, 처음에 약국 가서도 거울 한번 들여다보지 못했다는 둥, 그래서 자기 사진들은 모조리 찢어버렸다는 둥, 별의별 얘기를 얼마나 자주 들었는지 몰라요. 자, 어디 좀 보자구요, 어서 웃으시라니까요!"

　"부스럼 천지야……."

　"그게 다 불안에 찌들어서 나는 부스럼이에요…… 먼저 긴장을 풀면, 다 없어질 거라구요."

"친구들은 나더러 꼭 바보 같대……."

"그건 손님이 스스로 자신감을 갖지 못해서 그런 거예요. 그러다보면 행동도 어색하고, 뜻하지 않게 어리석은 말도 하게되는 거죠. 하지만 일단 이 가면에 비치는 모습과 친해지고 그걸 있는 그대로 사랑하는 법을 배우고 나면…… 자, 손님 앞에 있는 이 사람을 한번 보세요. 이 젊은 아가씨를 잘 한번 보시란 말예요. 이 여자를 부끄러워해선 안 됩니다. 어쩌다 길에서 마주치기라도 하면, 이 여자 분을 죽이고 싶겠어요? 도대체 뭘 그리 미움받을 짓을 했죠? 무슨 죄를 그리 지었냔 말이에요! 왜 그녀를 좋아해주지 못하는 거죠? 먼저 손님부터나서서 이 여자 분을 친구로 사귀어보세요. 그러면 다른 사람들도 다 알아서 친구가 될 겁니다!"

아들의 청산유수를 듣더니 미시마가 또 한마디 수군거린다.

"100유로엔짜리 가면 하나 팔려고 별소리를 다 지껄이는구먼! 저 녀석, 침이 마르게 주절대는 거 보면 제법 장사수완이 있는 놈이야……."

한편 젊은 여자 손님은 약간 당혹한 표정으로 좌우를 두리
번거리더니 묻는다.

"가만, 내가 이거 혹시 잘못 찾아온 건 아닌지 몰라…… 여
기 '자살가게' 맞는 거니?"

"아이고, 그런 아무짝에도 쓸모없는 이름은 그냥 잊어버리
세요."

순간 아빠의 인상이 흉하게 일그러진다.

"아니, 저 녀석 왜 저런 소릴 하는 거야?"

"삶이란 있는 그대로의 삶 자체를 말하는 거예요. 있는 그
대로의 가치가 있는 것이죠! 서툴거나 부족하면 서툴고 부족
한 그대로 삶은 스스로 담당하는 몫이 있는 법입니다. 삶에
그 이상 지나친 것을 바라선 안 되는 거예요. 다들 그 이상을
바라기 때문에 삶을 말살하려 드는 겁니다! 그럴 바엔 차라
리 그 모든 것을 좋은 면에서 받아들이는 편이 나아요. 목매
달 밧줄이나 권총 따위는 여기 이곳에 맡겨두고 말이죠. 겁
에 질리고 불안에 떨 때 밧줄이든 뭐든 목에 걸고 어디 한번

잡아당겨보세요, 뭐든 상관없습니다. 그러다 의자에서 떨어져 무릎 깨지는 건 순간이죠. 무릎 아프지 않으세요?"

"아픈 데가 어디 한두 군덴가."

"그래요, 근데 무릎은 어떠세요?"

"거긴, 글쎄……."

"그거 아주 잘됐군요! 그런 식으로 계속 사시는 거예요. 그러니 이제 그 무릎이 이 가면에 비치는 여자 얼굴과 함께 손님 발길을 지금 사시는 동으로 이끌고 가느라 바쁘겠어요. 저를 위해서 그러는 게 싫다면, 가면 속 그녀를 위해서 그렇게 해주는 겁니다. 그녀 이름이 뭐죠?"

여자 손님은 눈을 들어 거울을 보며 대답한다.

"노에미 벤 살라-다르질링."

"참 예쁜 이름이네요, 노에미라…… 노에미를 사랑해주세요. 이제 곧 아시겠지만, 그녀는 참 자상한 여자랍니다. 그녀의 가면을 댁으로 가져가세요. 그녀에게 웃어주세요, 그러면 그녀 또한 웃어줄 겁니다. 잘 돌봐주세요, 그녀에겐 애정이 필요하거든요. 잘 씻겨주고, 향수도 뿌려주고, 옷도 예쁘게 입혀주세요. 금세 기분 좋아할 거예요. 그렇게 그녀를 인정하고 받아들이려고 해보세요. 손님의 친구가 되고, 의논 상대가 되어줄 것이며, 둘이 서로 떼려야 뗄 수 없는 사이가 될 거예요. 둘이서 함께 웃으며 산다고 생각해보세요! 그 모든 것이 단돈 100유로엔으로 해결된다는 얘기예요. 결코 비싸다고 할 순 없겠죠. 자, 이제 포장을 해드릴게요. 그녀를 손님한테 맡기겠습니다. 부디 최대한 신경 써주세요. 그럴 만한 충분한 가치가 있는 여자니까요."

한편 금전등록기 서랍을 여느라 소란해진 틈을 타서 미시마가 투덜댄다.

"에이…… 밧줄하고 권총도 함께 싸 들려 보낼 수 있었을 텐데……."

"저기요, 유리병에 든 사탕 하나 고르시죠."

마지막으로 알랑이 빙그레 웃으며 권하자 여자 손님은 머뭇머뭇 묻는다.

"아, 그래…… 근데 설마 이 사탕에도 혹시?"

"오, 천만에요! 자, 그럼 무릎도 안 아픈 여인이여, 안녕히 가십시오!"

26

뤼크레스가 양손을 깍지 낀 채 머리에 올려놓고 있자, 구부
린 양팔이 마치 거대한 눈매처럼 보이고 그 안의 얼굴 전체
가 꼭 한가운데 떡하니 자리 잡은 거인의 눈동자처럼 보인
다. 양쪽 귀 옆으로 구부린 팔꿈치 안쪽 공간은, 저 뒤에 보이
는 하얀 벽 색깔과 어울려 그야말로 흰색 각막이 따로 없다.
한마디로 튀바슈 부인은 지금 여자의 상체에 단단히 뿌리박
은 커다란 눈이 된 셈이다.

"또 오십시오, 무슈."

그렇게 인사하는 엄마를 보며 알랑이 깜짝 놀란다.

"어, 이제 엄마도 손님들한테 또 보자는 식으로 인사를 하
네요?"

"그 손님은 아무것도 사지를 않았잖니. 다시 올 테니까 또
보자는 인사를 한 것뿐이다. 누구든 구경 삼아 여길 들어오
는 사람들은 언젠가는 물건을 사러 다시 오게 마련이지. 그
들로서는 일단 생각 자체에 익숙해질 필요가 있거든. 목매달
아 죽고 싶은 유혹을 느낀 사람들은 먼저 스카프를 목에 두

르고 외출을 하는데, 그러면서 스카프 매듭을 조금씩 당겨 매게 마련이란다. 그리고 집에서는 자기 손으로 목을 꽉 조르면서 추골과 연골, 힘줄과 근육들 그리고 톡톡 뛰는 혈관들을 스스로 느껴보곤 하지. 그런식으로 서서히 익숙해져가는 거야. 그럼 이내 우리 가게를 다시 찾게 되는 거고……."

뤼크레스는 여전히 두 손을 머리 위로 깍지 낀 상태에서 고개만 오른쪽으로 돌려 아래를 굽어본다. 그렇게 하니, 거대한 눈 하나가 아이를 내려다보는 것 같다.

"그만 셔터를 내리자꾸나. 그리고 불도 꺼라. 이제 올라가자, 알랑."

27

미시마는 방문을 꼭 닫고 창가에 서 있다. 커튼 한편을 슬그머니 젖히고서 그는 시뻘건 피에 서서히 젖어드는 태양과 저만치 발코니마다 철학의 거대한 벽 앞에 자꾸만 잦아드는 생명을 물끄러미 지켜본다. 추락하는 미래는 음란한 상처를 드러내 보이고 저 아래에는 인간과 그들이 꾸었던 꿈들이 산산이 흩어지고 있다.

가게 주인 튀바슈 씨는 두 눈에 비치는 석양의 빛깔처럼 우울하면서 누렇게 뜬 얼굴로 점점 스스로 지치고, 절망적이고, 더럽고, 비열하고, 메스껍고, 어딘가 정신이 이상하면서 먼지처럼 하찮은 존재로 느껴지고 있다.

심지어 아내 뤼크레스에 대한 애정마저 새삼 싱거워진 느낌이다. 사랑도 아름다움도 모든 것이 부서져가고, 망각에 의해 영영 폐기처분되는 기분이다. 술이라도 마셔 취해볼까도 싶지만 그건 워낙 대가가 비싸게 먹히거니와 성행위에 빠져드는 일 또한 기력이 달려서 언감생심이니, 그딴 체조 재미나단 얘기도 그저 귀에 즐거운 소리일 뿐. 온갖 알 수 없는 생각만 꼬리에 꼬리를 물고 시끄럽게 돌아간다.

더는 계절의 변화도 없다. 무지개는 부러졌고 눈발은 접은 지 오래. '잊혀진 종교' 단지, 저 '정신의 나라' 건물들 뒤로는 이미 거대한 사구砂丘들이 생겨나고 있어 이따금 바람이 그 모래알들을 이곳 베레고부아 대로변 '자살가게' 문턱에까지 휘몰아 오는 실정이다. 땅으로부터 내쏘는 환상적인 회전 탐조등들은 우중충한 하늘을 훑으면서 대기의 오염물질들을 초록빛의 길쭉한 원뿔형 속에 이리저리 잡아 가둔다. 모처럼 힘껏 날아오른 새들은 이곳까지 헤매왔다가 숨이 막히고 심장발작을 일으켜 건물들 위에서 죽어가고, 아침마다 아낙네들은 뿔뿔이 떨어져 뒹구는 깃털들을 주워다가 이국적인 모자 장식에 심취하고는, 결국 그들 자신도 그 깃털들처럼 허공에 몸 날려 생을 마감한다.

지금은 갑자기 밝혀진 경기장으로부터 자극에 길든 멍청한 군중의 거대한 함성이 솟구칠 시간, 그런가 하면 다른 곳에선 섣불리 잠든 사람들의 베갯머리마다 끔찍한 악몽들이 서서히 똬리를 틀 시간이다. 아뿔싸, 행동, 욕망, 꿈 그 모든 게 나락이거늘, 커튼 자락을 붙들고 있는 미시마의 팔뚝은 창가로 스미는 한 줄기 바람에도 모공이 서늘해지면서 털이 곤두선다. 그때 활짝 열린 문으로 뤼크레스가 얼굴을 들이민다.

"식사 안 해요, 미시마?"

"응. 배고프지 않아……."

그러고 보니 사람 노릇도 참 오래 해왔다. 모든 걸 단념한 지도 참 오래다.

"……잠이나 좀 잘래."

어차피 내일이면 또 살아야 할 테니까…….

28

다음 날 아침, 튀바슈 씨는 일어날 기력이 없다. 아내는 그런 그를 일단 안심시킨다.

"그냥 누워 있어요. 아이들하고 너끈히 잘 해나갈 수 있을 거예요. 의사 선생 얘기론 당신 상태가 아주 절망적일 수 있대요. 그러니 푹 쉬어야 한다더군요. 알랑 학교 일은 내가 해결해놨어요. 그래서 또 걔는 앞으로 며칠 집에 없을 거예요. 뭐 심각한 상태는 아니고요. 당신도 알지만 녀석이 재치는 보통 아니잖아요."

"재치는 무슨 재치……."

미시마는 힘겹게 일어나려 애쓰면서 중얼거린다.

"블록도 찍어야 하고, 밧줄도 꽈야 하고, 칼날도 갈아야 하고……."

하지만 곧장 머리가 핑 돌면서 아내의 성화가 이어진다.

"제발 얌전히 좀 누워 있어요! 이제 일 생각 그만 하고요. 당신이 잠깐 없어도 가게 잘 굴러가게 할 테니까."

뤼크레스는 남편이 부를 경우를 대비해 문은 활짝 열어놓은 채 방을 나선다. 뮈바슈 씨는 저 아래 가게에서 아침 햇살을 맞아 또다시 기상천외한 한판 살풀이가 슬슬 기지개 켜는 소리를 듣고 있다. 그중 뤼크레스와 마릴린이 계단을 오르며 나누는 얘기 소리가 선명하다.

"애야, 바구니 가지고 가서 넓적다리 양고기 석 대하고 오렌지, 바나나 좀 사오거라…… 그리고 설탕도 사오고! 오늘은 일전에 했던 식으로 한번 요리를 해봐야겠다. 알랑이 귀띔해준 대로 말이야. 자살한 양고기가 아니더라도 상관없어. 그렇다고 맛이 달라지지는 않으니까. 에른스트, 나랑 같이 이것들 좀 치워주겠나? 그리고 뱅상, 첫 단계는 금방 준비되겠지?"

미시마는 공기 중에 떠도는 기막힌 냄새를 코로 가늠하고 있다.

"대체 뭘 만드는데 그래?"

아내가 접시를 든 채로 살짝 고개를 내밀면서 대답한다.

"크레이프요!"

"크레이프라면…… 장례용 베일 말인가?"

"아니 그거 말고, 먹는 크레이프 말이에요!(전처럼 넓적하게 부쳐 먹는 빵으로, 장례식 때 미망인이 쓰는 비단베일을 의미하기도 한다) 뱅상이 국자로 프라이팬에 모양을 내어 부으면서 아주 기막힌 그림이 되게 하고 있다구요. 해골 머리에다가 두 눈알이 자리할 공간은 그냥 구멍으로 남겨두고, 콧구멍하고 이빨 들어갈 곳까지 비워놓는다니까요 글쎄. 뿐만 아니라, 당신도 전에 봤죠, 밀가루를 두 줄로 가로질러 흐르게 해서 해적 깃발에서처럼 엑스자로 놓인 경골 뼈다귀 두 개까지 구색을 맞춰놓고 있어요."

"당연히 청산칼리 양념도 쳐놓겠지?"

"맙소사! 당신은 그냥 쉬세요."

뤼크레스는 얼른 방을 빠져나온다.

모두들 복도를 이리저리 오가면서 마치 어지러운 무도회에 광기를 베풀어대는 나비 떼마냥 분주하다. 마침내 점심때가 되자, 여기저기 주문을 외치는 소리로 시끌벅적이다.

"뤼크레스 양고기 두 쪽이요! 뱅상 크레이프 세 장이요! 마

릴린, 너는 어서 저기 가서 신사분과 악수 좀 해주겠니? 초콜
릿 크레이프 두 장하고 설탕 크레이프 한 장하고……."

"뤼크레스!!"

"또 왜요?"

튀바슈 부인이 앞치마에 손을 문지르면서 문틈으로 고개를
들이밀자, 남편은 잔뜩 인상을 찌푸리며 다그치듯 묻는다.

"도대체 지금 여기가 어떻게 돌아가는 거야? 레스토랑이라
도 차린 건가?"

"원 별말씀을, 당신도 참…… 조금 있으면 음악도 연주할
텐데요 뭘!"

"뭐, 음악? 도대체 어떤 음악?"

"알랑이 옛날 악기들을 연주하는 친구들을 데려왔어요. 그
게 이름이 뭐라더라…… 아, 기타! 정말이지 참 대단한 녀석
이에요. 희생자들 흥을 마구 돋워주고 있다니까요!"

"희생자들이라니?"

"손님들 말이에요."

"당신 지금 손님을 희생자라고 부르는 거야? 이것 봐, 뤼크 레스⋯⋯."

"오, 괜찮아요. 좌우간 지금 말싸움할 시간이 없네요."

그러고는 또다시 흘렁 모습을 감추는 뒤바슈 부인. 이어서 우울하고도 아득한 기분의 왈츠가 흐르고, 미시마의 눈빛에는 알 수 없는 물기가 촉촉이 젖어드는 듯하다. 명치 바로 아래쯤 빨간 십자가 수가 박힌 기모노를 입고 침대에 우두커니 앉아 있는 그의 자세 어딘가 몽환적인 동방의 분위기가 흐르고⋯⋯ 두 눈 촉촉이 적시는 안개를 틈타 이 탁월한 지성 속으로 틈입해 들어오는 난데없는 혼돈.

이때 문 앞을 지나치다 말고 알랑이 불쑥 고개를 들이민다.

"기분 괜찮아요, 아빠?"

인간의 고뇌를 달래는 가족치료사, 아이의 커다란 눈망울이 반짝인다. 그것은 잊힌 보배가 숱하게 빛을 발하고 있을 경탄할 만한 속내를 감춘 눈빛이다. '잊혀진 종교' 단지를 굽어보는 암울한 적막의 하늘마저 오늘만큼은 그의 재기발랄

한 유희와 희열의 에너지에 힘입어 활짝 웃는 듯하다.

순간, 미시마의 목구멍에서 마치 흥얼대는 노랫가락처럼 무슨 소리가 새어 나온다. 아이는 아무 일 없었다는 듯 자리를 뜬다.

튀바슈 씨는 당장이라도 벌떡 일어나고 싶지만, 어망에 걸려 몸부림치는 물고기처럼 침대에서 뒤척이는 게 고작이다. 아무리 안간힘을 써도 이불만 헝클어지도록 헤집으며 허우적댈 뿐이다.

일종의 변화가 느껴지고 있다. 그것도 알랑의 등에 전적으로 업힌 상태에서 실감하는 느낌이다. 이제 '자살가게'의 모든 것은 이 지혜로운 연금술사에 의해 연기처럼 증발해버렸다는 것을 그는 문득 깨닫는다.

29

"문 좀 닫아!"

미시마는 침대에 널브러진 채 방문을 닫으라고 소리친 다음, 저녁뉴스 시간에 맞춰 자신의 '3D 전감각全感覺 시스템'을 자랑하는 텔레비전 스위치를 켠다. 그러고는 리모트컨트롤의 수많은 단추 중 하나를 꾹 누른다.

그 즉시 여자 아나운서가 방 안에 구체화된 모습으로 떠오르기 시작한다. 처음에는 마치 베일처럼 투명한 상태였는데, 점점 선명한 입체 이미지로 변모한다.

"안녕하십니까? 오늘의 뉴스입니다!"

뱉어내는 소식들이란 모조리 비관제일주의의 쓰레기 같은 내용들이다. 그나마 딱 한 가지 미시마를 의기소침하게 만들지 않는 게 있긴 있다.

다름 아닌 의자에 앉아 팔짱을 낀 여자 아나운서의 모습. 진짜 방 안에 와 있는 것처럼 구체적인 질감이 느껴진다. 오른쪽이나 왼쪽으로 비스듬히 보면 여자의 옆모습까지 확인할 수가 있다. 심지어 향수 냄새까지 맡을 수 있는데, 미시마에겐 너무 독하게 느껴진다. 그는 얼른 리모트컨트롤을 사용해서 그 강도를 줄인다.

여자 아나운서는 그 미끈하게 빠진 다리를 슬쩍 엇갈리게 꼬고 앉는다. 뤼바슈 씨는 그녀의 치마 색깔이 그다지 맘에 들지 않는다. 이번에도 역시 단추를 누름으로써 그 색조를 뒤집는다. 커서를 당기자 아나운서가 앉은 의자가 이만치 다가온다. 여자 아나운서는 이제 바로 베갯머리까지 다가와, 마치 환자의 침대 머리맡에 앉아 있는 것처럼 보인다. 뤼바슈 씨가 손만 뻗으면, 몸을 만질 수도 있다. 치마의 재질이 촉감으로 전해지며, 섬세한 피부의 무릎이 훤히 드러나도록 치마를 걷어 올릴 수도 있다. 아나운서가 말을 하는 동안 심지어 웃옷 단추까지도 풀 수 있지만, 차마 거기까지는 생각이 미치지 않는다. 미시마는 그냥 잠자코 아나운서의 멘트에 귀를 기울인다.

여자 아나운서는 나른하게 긴장이 풀린 몸을 기울여 한쪽 허벅지에 팔꿈치를 괸 자세로 친근한 속내 이야기를 하듯 시사 문제를 미시마의 귀에 속삭여준다. 옛날 텔레비전에서처럼 근엄하게 딱딱 끊어지는 말투가 전혀 아니다. 다소 갈라진 듯하면서 나직한 이탈리아 스타일의 음성이 제법 매력적이다.

"우주집정관인 마담 인디라 투-카-타께서는 오늘 아침 우리 행성 둘레의 오존층을 복구하기 위한 높이 600미터급 굴뚝 80만 시설 규모의 시베리아지방 대형 복합공단 개관식에 참석했습니다. 그러나 저로서는 별로 믿음이 가질 않는군요…….."

분명 여자 아나운서는 그렇게 못을 박았고, 미시마 역시 그 의견에 전적으로 동감이다.

아나운서는 또 이렇게 덧붙인다.

"모든 전문가들은 이와 같은 결정이 21세기 초에 이미 내려졌어야 하며 지금은 시기적으로 너무 늦었다고 입을 모읍니다. 각하 또한 이에 공감하는 입장이며…….."

"당연하지!"

미시마가 한마디 툭 던진다.

"개관식 연설에서 그와 같은 본인의 입장을 피력했습니다. 여기서 잠시 오존 굴뚝이 드문드문 자리한 이 광대한 지역 내의 감각을 전해드릴 테니, 주의하시기 바랍니다. 매우 춥습니다. 이불을 꼭 덮으십시오."

순간 미시마의 침대가 갑자기 시베리아 한복판으로 옮겨진 듯하다. 느닷없는 얼음 칼바람이 느껴지는가 하면, 이불을 바짝 당기자 축축하게 언 이탄 냄새가 코끝을 집적거린다. 사방에 하늘을 찌를 듯 솟은 굴뚝들에선 연신 오존이 뿜어져 나오고 있다. 그 가스 냄새 때문에 눈이 따끔거린다. 튀바슈 씨는 침대 바깥으로 손을 내밀어 바닥을 짚으려 한다. 그동안 풀의 감촉을 느껴본 지가 하도 오래돼서 그런지, 일단 땅에 돋아난 풀 한 포기를 쥐고 잡아당기자 손가락이 금세 뜨끔하면서 베이는 기분이다. 한데 아무리 손을 살펴도 생채기가 보이지 않는다.

순간 시베리아 벌판이 눈 깜짝할 사이에 사라지고, 여자 아나운서가 다시 의자 위에 나타난다. 그와 거의 동시에 금발의 마릴린이 화려한 주름이 겹겹인 에스파냐식 드레스 차림으로 방에 들어온다. 과연 텔레비전 속 여인 못지않은 미모

다. 묘지관리인도 함께 와 있다. "안녕하세요, 장인어른." 마릴린은 여자 아나운서의 입체영상을 가로지르며 다가온다. "어머, 웬 싸구려 향수 냄새!" 마릴린이 툭 내뱉으며 침대 머리맡에 걸터앉자 아빠는 얼른 텔레비전부터 끈다. 톡!

"이것 보세요, 아빠! 에른스트가 선물로 준 멋진 꽃다발이에요. 저를 생각하면서 무덤에 핀 꽃을 일일이 꺾어 모았대요. 사랑이란 정말 아름다운 거예요, 아빠."

"사망 말이냐?"

"사망이 아니라 사—랑—이요! 아이고, 아무래도 아빠 몸이 아직도 영 시원찮은 모양이에요! 우리랑 같이 가게에 내려와 계시는 편이 낫겠어요. 온갖 화환이며 초롱들이 대단한 분위기를 만들고 있거든요. 아마 기운이 나실 거예요. 크레이프 좀 갖다드릴까요?"

"알광대버섯 잔뜩 넣은 거면 좀 갖다다오……."

"아이참, 아빠도! 자요, 여기 탁자 위에 이 꽃다발을 놔두고 갈게요. 엄마는 늦게 잠자리에 들 거니까 기다리지 말고 먼

저 주무세요. 우린 오늘 밤에 신선고에서 흥청망청 놀 예정
이랍니다."

　며칠 밤이 더 지난 뒤, 낡아 헤진 실내화에 원래는 어엿한 할복용 복장이지만 이제는 잠옷 구실을 하는 기모노를 입은 채 미시마는 다소 기운을 차리고 자리에서 일어날 의욕을 되찾는다. 이제는 비록 힘없는 걸음이나마 몇 발짝 걸어볼 기분도 난다.

　면도를 못 해 까칠한 데다 이불 구김 때문에 여기저기 주름이 새겨진 얼굴, 거기다 퀭한 눈까지 희멀겋게 뜨고서 미시마는 술 취한 사람처럼 복도를 거닌다. 그렇게 해서 도달한 곳은 망루로 통하는 쪽문과 가게로 내려가는 계단이 만나는 층계참이다. 거기서 그는 난간을 붙잡고 아래를 가만히 내려다본다…… 아뿔싸, 거기 보이는 것은! 미시마는 도저히 자기 두 눈을 믿을 수가 없다. 부모님, 조부모님 아니 그 이전부터 대대로 내려오던 이 가게, 마치 병원 시체안치실처럼 깔끔하고 정갈했던 이 아름다운 가게가 도대체 어찌된 건지!

　우선 이쪽 벽에서 저쪽 벽까지 길게 내걸린 옥양목 천에 다음과 같은 글귀가 선명하게 새겨져 있다. '자살은 노후로 미루세요!' 그건 분명 알랑의 필체다.

그 아래로 희희낙락하는 사람들이 떼를 지어 서로 얘기를 나누거나 시간 가는 줄 모르게 웃고 떠드는가 하면, 너도나도 신선고 쪽을 쳐다보느라 까치발을 한 채 바글거리고 있는 것이다. 가만 보니 신선고가 무슨 무대라도 되는 양 웬 젊은이 세 명이 들어앉아 키타인지 기타인지 연주에 맞춰 신나게 노래를 부르고 있다.

뿐만 아니라 저마다 장단 맞춰 손뼉을 쳐대면서 뱅상이 만든 해골바가지 모양의 크레이프를 연신 주문하는데, 그것들은 계산대에 설치된 전기열판 위에서 쉴 새 없이 만들어져 공급되는 중이다. 그로부터 지글지글 피어오르는 연기가 네온 불빛을 부옇게 휩싸는 가운데, 설탕 가루와 코코아 가루가 풀풀 날리다가 바닥에 떨어져 굳은 얼룩을 남기고 있다. 밀가루 국자가 위로, 아래로, 좌우로, 종횡무진 활약하다보면 어느새 접시에는 멋진 해골바가지 크레이프가 담기고, 그럴 때마다 금전등록기 서랍을 요란스레 여닫는 뤼크레스의 힘찬 목소리가 솟구친다.

"네, 크레이프 한 장이요? 3유로엔입니다. 감사합니다, 손님."

마릴린은 깨끗이 치운 면도날 선반 위 원심분리기 속에다 사과를(물론 앨런 튜링의 자살 세트에 속한 사과는 아니다) 가득 채워 넣고 그로부터 신선한 주스를 뽑아 부지런히 잔에 따르면서 외치고 있다.

"1유로엔입니다!"

한편 에른스트는 세푸쿠를 직접 시범으로 해 보이고 있다. 그런데 단도의 날이 배에 닿자마자 볼품없이 뒤틀리면서 우스꽝스럽게도 8자로 구부러진다. 미시마는 눈을 문지르면서 계단을 내려온다. 묘지관리인은 껄껄 웃는 손님들에게 벌써 칼을 세 자루나 파는 중이다. 칼을 둘둘 말아 '야호, 신난다!'라고 쓰인 쇼핑백 안에 신바람을 내며 집어넣고 있다. 튀바슈 씨는 고개를 숙여가며 화환들 아래를 지나면서도 이따금 공중에 매달린 화려한 초롱들에 머리를 부닥치고 만다. 아마도 이 모든 게 꿈일 거라고 그는 계속해서 중얼거린다. 하지만 아내가 외쳐 부르는 소리를 들으니 꿈은 아니다.

"아, 여보! 드디어 일어났군요! 정말 잘됐어요. 당신이 우릴 좀 도와줘야겠어요. 손님이 워낙 많아서요. 아참, 크레이프 좀 드릴까요?"

그때, 진짜 세상 다 산 듯 어둔 표정의 한 남자가 일순 변화의 기류를 일으키며 가게 문으로 들어선다. 그는 지극히 자연스럽게도 자신과 엇비슷한 낯짝을 하고 있는 미시마 쪽으로 걸음을 옮긴다.

"강바닥까지 곧장 도달할 수 있도록 투신용 블록 하나만 주십시오."

"투신용 블록 말입니까? 아, 역시 정상적인 사람을 다시 보니 좋긴 좋군요! 도대체 그런 분들은 죄다 이사라도 간 줄 알았지 뭡니까! 아무렴, 그럴 리가 있겠어요, 다 이렇게 건재하신 걸 말이죠!"

튀바슈 씨는 안도의 한숨을 내쉬며 허리를 숙여 두 손으로 블록을 집어 든다. 한데 생각보다 힘들지가 않아 좀 당혹스럽다. 콘크리트로 만든 블록치고는 왠지 무척이나 가볍게 느껴지는 것이다. 심지어 손가락 끝에서 빙글빙글 돌릴 수도 있을 것 같다. 그깟 며칠 누워 쉬었다고 해서 이 정도까지 없던 힘이 붙었으리라고는 생각할 수 없다. 미시마는 블록의 재질을 가만히 살펴보면서 손톱으로 표면을 살짝 긁어본다.

"이건 폴리에틸렌……."

이번에는 블록을 건네받은 손님이 직접 무게를 가늠해본다.

"이거 둥둥 뜨겠어요! 이걸 달고 어떻게 물에 빠져 죽는다는 겁니까?"

미시마는 한동안 아무 말도 못한 채 고개를 가로젓기만 하다가 재차 말한다.

"제 생각에는 이걸 손으로 붙잡으면 안 될 것 같고요…… 대신 쇠사슬로 발목에다 붙들어 매면 수면에 블록이 부표처럼 떠 있어도 그 아래로 충분히 물에 잠겨 익사하실 수 있을 듯합니다만……."

"그렇다면 굳이 이런 걸 팔아 무슨 소용이겠소?"

"솔직히 말씀드려서…… 저도 뭐가 뭔지 모르겠습니다. 그나저나 크레이프 좀 드시겠습니까?"

당황한 손님은 알록달록한 옷차림에 가면까지 뒤집어쓰고 장난감 혀를 날름날름 불어대면서 얼빠진 춤을 추고 있는 사람들을 물끄러미 바라본다.

"저 사람들은 텔레비전 뉴스도 영 안 보는가보죠? 지구의 미래가 전혀 절망스럽지 않은 모양입니다!"

강바닥에서 밤을 보내고 싶어 했던 손님의 넋두리 비슷한 말에 미시마가 화답한다.

"제가 궁금한 게 바로 그겁니다…… 아무래도 손님 따라 저도 강으로 가야 할 것 같아요……."

둘은 그대로 서로를 끌어안고는 어깨에 얼굴을 파묻고 울음을 터뜨린다. 그사이 신선고에서 알랑은 그럴듯한 장막까지 치고서 더할 나위 없이 신기하고 아름답고 비현실적인, 즉 우스꽝스럽기 그지없는 인형극을 선보이겠다며 호들갑이다. 뱅상은 이처럼 저잣거리 축제마당 같은 들뜬 분위기에 잘 적응하는 모습이다. 여전히 머리에는 붕대를 감았고 웃는 얼굴까지는 아니지만, 분명 기분은 예전보다 좋아 보인다.

한편 뤼크레스는 눈물을 뚝뚝 흘리는 남편을 보자마자 헐레벌떡 달려와, 함께 있는 손님에게 무턱대고 달려든다.

"이 양반을 그냥 내버려두세요! 도대체 무슨 얘기를 했기에 이 사람이 이 지경이 됐습니까? 당장 나가주십시오!"

"난 그저 오늘 밤 자살하기 위한 물품을 구하려고 했을 뿐인데요."

"저 위에 걸린 현수막은 못 보셨나요? 여기는 노후에나 자살할까 말까 하는 사람들밖에 없습니다. 자, 어서 꺼지시라니까!"

그러고는 홍청대는 사람들을 헤치며 비틀거리는 남편을 계단까지 부축한다.

"도대체 단도 날이 전부 어떻게 된 거야?"

남편이 안간힘을 쓰며 묻자 아내는 툭 던지듯 대답한다.

"고무로 다시 다 만들었죠."

"그럼 투신용 블록 재료는 왜 다 바꾼 건데?"

"그건 손님들이 춤을 추다가 혹시 중앙 진열대를 건드려 콘크리트 블록이 하나라도 떨어지면 손님 발등을 찧을지도 모르니까 그랬죠. 얼마나 피해가 클지 한번 상상해보세요! 목매는 밧줄도 마찬가지예요. 뱅상이 낸 아이디어인데, 밧줄이 워낙 고탄력이라 목매달려는 사람들이 의자에서 뛰어내리면 곧장 그 반동으로 서너 번은 천장에 머리를 부딪치게 되어 있답니다. 그러고 나면 다시 시도할 생각이 싹 가시게 마련이죠. 우리 가게 공급업체를 교체한 건 아세요? '죽어도 상관 안 해' 상사와는 거래 끝냈어요. 지금은 모든 걸 '한바탕 웃음'사에서 조달하고 있지요. 그 뒤로는 전체 매상이 세 배로 뛰었답니다."

그 말을 듣자마자 미시마는 그만 두 무릎에 힘이 쭉 빠져 털썩 주저앉을 뻔한다. 아내는 얼른 그의 겨드랑이에 손을 넣어 붙들면서 말한다.

"자자, 어서 침대로 가서 쉬기나 해요, 딱한 양반 같으니!"

31

얼마나 지났을까, 손님들이 모두 빠져나가 텅 빈 가게가 적막 속에 다시 밤을 맞이한 시각, 튀바슈 부인은 알랑의 방에 와 있다. 그녀는 의자에 우두커니 앉아 깊은 잠에 빠진 막내를 굽어본다. 두 손을 머리 위에 평평히 포개고 양 팔꿈치는 어깨 넓이로 벌린 모습이 역시 상체 위에 거대한 눈 하나가 얹혀 있는 꼴이다. 그 눈동자, 즉 한쪽 어깨로 살짝 기운 튀바슈 부인의 머리가 얇은 베일로 감싼 듯 애틋해 보이는 알랑의 잠든 얼굴을 따스하게 굽어살피는 것 같다.

정녕 그를 사슬로 묶어 바다에 던져야 할까. 아메리카를 만들어낸 이 뱃사람을?(보들레르의 시 「여행」의 한 대목. 여기서 뱃사람은 상상의 항해를 주도하는 망지기로서, '환상의 나라에 미쳐 있는 가없는 사내!'다) 알랑은 앙증맞은 코를 치켜올린 채 찬란한 낙원을 꿈꾸고 있는 듯하다. 이를테면 그는 권태의 사막에 자리 잡은 오아시스와 같은 존재다. 푹신한 베개 깊숙이 머리를 묻은 채, 꿈속의 어느 한 이야기에 사로잡혀 헤매는 듯 연신 입술을 움직거린다. 달님처럼 부드럽고 긴 속눈썹을 내리

깐 눈꺼풀 너머로 그의 내부에서는 그토록 시대착오적인 희
망이 몽실몽실 피어오르고 있는 것이다.

　날이면 날마다 인간의 머리를 꿈으로 가득 채우는 이 어린 소
년은 세상 만물을 기분 좋게 적시며 졸졸 흐르는 한 줄기 시냇
물과도 같다. 그는 우리를 미증유의 신천지로 이끄는 저 아름
다운 수평선과도 닮았다. 두 발은 이불 속에서도 모험 충만한
경주를 하듯 뒤척이는데, 방에 가득한 이 향기는…… 아이들
의 몸에서 나는 상큼한 향기다. 그의 잠은 기발한 발상이 톡톡
튀는 기적 같은 현상으로 가득 채워져 있음이 틀림없다. 오, 아
이의 머릿속이야말로 온갖 신기한 동화가 움트는 요람이거늘!

　오늘 밤은 왠지 달님이 훨씬 더 느긋하게 꿈을 꾸는 듯하
다. 튀바슈 부인이 자리에서 일어나 알랑의 황금빛 곱슬머리
를 살짝 쓰다듬는데, 아이 눈이 반짝 떠지면서 씽긋 웃는다.
그러고는 슬그머니 등을 돌리고 다시 잠에 빠져든다. 지금
알랑이 노니는 꿈속의 삶에는 분명 바이올린의 선율이 흐르
고 있을 것이다.

32

뤼크레스는 이제 남편 옆 침대에 누워 있다. 두 팔을 가지 런히 옆구리에 붙인 채 반듯이 누운 그녀 위로 영원할 것 같 은 적막이 둥둥 떠 있다. 주위의 모든 형체가 지워지면서 한 자락 꿈처럼 잦아들 즈음, 어인 일인지 과거의 기억이 끔찍 한 뭉게구름처럼 피어오르면서 그녀는 자기도 모르게 서서 히 무릎을 구부리며 몸을 웅크린다.

아주 어렸을 적—네 살인가 다섯 살 때—엄마는 아이에게 수업이 끝난 뒤 유치원 마당 벤치에 앉아 기다리라고 했다. 그러면서 얌전히만 있으면 그네를 실컷 태워주겠다고 약속 했다.

한데 엄마는 툭하면 늦게 나타났고, 가끔은 아예 오지도 않 았다. 그러면 보다못한 원장선생님이 아이에게 와서 그냥 혼 자 집으로 돌아가는 게 좋겠다고 타이르는 것이었다. 아빠는 몇 번 약속을 했으면서 한 번도 유치원에 모습을 나타낸 적 이 없다. 저녁이 되도록 엄마가 와서 그네 태워주기를 얌전 히, 정말로 얌전히 기다린 적이 한두 번이 아니다.

그렇게 해서 결국 엄마와 함께 그네를 타본 적이 한 번도 없었을까? 뤼크레스는 전혀 그런 기억이 나지 않는다. 오로지 기다리고 또 기다린 기억뿐이다. 딸이 그네 타는 걸 지켜봐줄 엄마를 머릿속에 그리며 터무니없이 기다린 기억 말이다.

 아이는 통통하고 앙증맞은 손을 허벅지에 얌전히 올려놓고 자세는 꼿꼿이 편 채, 전혀 풀 죽지 않은 모습으로 똘망똘망 앞을 쳐다보고 있었다. 똑바로 앞만 쳐다보고 있을 뿐, 무얼 딱히 보고 있는 것은 아니었다! 그저 얌전하게, 어떻게든 엄마가 오기만을 고대하며 하나의 그림처럼 얌전하게 그러고 있을 뿐이었다!

 아이는 모든 움직임, 말 한마디, 한숨조차도 스스로에게 금지시키고 있었다. 너무나 얌전해서 엄마가 오지 않을 수 없도록 하고 있었다. 코끝이 간질거린다든지 양말이 발목까지 내려간다 해도 아이는 꼼짝달싹하지 않았다. 엄마가 올 거야, 엄마가 오고 말 거야…… 아이는 자기 안에서 모든 걸 삭이고 있었다. 코끝의 간지러움을, 장딴지의 서늘함을 속으로 들이마시고 있었다. 그런 것쯤 얼마든지 안으로 소화할 줄 알았다. 자신을 가다듬고 선禪의 경지에 도달하는 법을 터득하고 있었다. 훗날 고승에 관한 다큐멘터리를 보게 된다면, 아마도 자신이 네 살 때 이미 그와 똑같은 정신상태에 있었다는 사실을 깨닫게 될 터였다. 뤼크레스는 자신의 어린 시절을 통해 바로 그러한 부재의 능력, 갑자기 자기 앞 아주 먼 지점을 응시하는 듯한 처신 방법을 터득해두었다. 그것은 유치원 마당 벤치에 홀로 앉아 한도 끝도 없이 엄마를 기다리던 때처럼 머릿속에 커다란 구멍 하나를 만들어놓는 일이다. 그러면서 스스로 돌이 되어가고, 살아 있는 자기 몸뚱어리를 더는 느끼지 못하며, 심지어 숨도 쉬지 않는다고 장담할 수 있는 상태에 머무는 일이다. 그러다 엄마가 나타나면 이미 딸은 살아 있지 않은 무언가로 거기 앉아 있는 것이다.

밖에선 황산비가 방 유리창을 사정없이 후려치고 있다.

33

"알아요, 나도 잘 압니다, 너무나도 잘 알고 있어요! 도대체 무슨 생각을 하는 겁니까? 내가 맥없이 자빠져 있는 동안 이곳은 모든 게 달라졌다구요. 그래서 뭐가 뭔지 어리둥절한 것뿐입니다. 어미 소가 자기 송아지도 못 알아보게 변해버렸으니 나 원!"

얼추 몸이 회복된 미시마는 체크무늬 와이셔츠에 카디건을 걸치고 머리에는 색색 동그라미로 장식된 종이 고깔모자를 쓴 상태다. 거기 달린 고무줄을 턱에 걸어서 모자가 벗겨지지 않고 있었는데, 그는 아까부터 자신의 그런 모습을 의심스러운 눈빛으로 찬찬히 살펴보는 어느 심각한 표정의 남자를 상대로 줄줄이 얘기를 늘어놓고 있다.

"어쨌든 내겐 갖가지 아이디어가 아주 풍부했단 말입니다. 단체로 하는 항공 세계일주도 계획하고 있었어요. 아무도 돌아오지 않는 여행 말입니다! 지상에서 가장 위험한 항공사들과 가장 믿지 못할 비행사 목록도 제시할 생각이었고요. '죽어도 상관 안 해' 상사에 고용되어 있는 비행사가 한 스무 명

은 될 겁니다. 다들 우울증을 앓는 알코올중독자이면서 진정
제로 겨우 버틴다든지, 조종간을 잡은 상태에서도 약에 코를
처박기 일쑤인 조종사들이죠. 우리로선 가히 모든 행운의 기
회를 가졌다고 볼 수 있겠죠. 매번 기착할 때마다 자살을 기
도하는 승객들은 어디든 고장 난 비행기로 갈아탈 수가 있고
요, 어느 산중이라든지, 대양 한복판, 혹은 사막이나 도시 위
에 추락할 가능성을 점쳐볼 수가 있겠지요…… 그러면서도
사람들은 자기가 지구의 어느 지점에서 죽게 될지 알 수가
없는 겁니다. 그래요, 하지만 이렇게 공급업체를 바꿔버렸으
니……."

그러자 상대는 가게 안으로 꾸역꾸역 몰려드는 손님들을
가만히 둘러보며 대꾸한다.

"그렇게 투덜댈 필요는 없다고 보는데요. 보아하니 이렇게
사업이 잘 돌아가고 있는데 말입니다……."

손님들은 하나같이 다정하게 뤼크레스의 볼에 입을 맞추며
한마디씩 건넨다.

"아, 안녕하셨어요, 마담 튀바슈? 이렇게 다시 보니 기분이 좋군요!"

코르크마개 모양의 모자를 쓰고 독이 든 약병으로 분장한 뤼크레스는 손님들에게 월요일 특별 메뉴를 소개하느라 여념이 없다. 자살한 양고기라든가 훈제소고기, 압착오리 등등 빼곡이 적어 넣은 석판은 예전에 그녀가 오늘의 특별 독액 칵테일 이름을 적어두었던 바로 그 안내판이다.

가게 중앙에 있던 이중 진열대는 벌써 해체해서 지하실로 내려보낸 지 오래다. 대신 그 자리에는 손님들이 한데 모여 앉아 세상의 미래를 구할 해결책을 논할 수 있도록 기다란 테이블을 갖다놓았다. "사막화 현상을 해결하기 위해서는 모래를 가지고 인류에게 유용한 원료로 변화시킬 수 있어야 합니다. 옛날에 숲을 가지고 석탄이나 석유나 천연가스를 만들어낸 것처럼 말이죠……"라고 누군가 얘기를 꺼내면 다른 누군가가 또 말을 받는다. "분명 모래를 압축하고 최고온도로 가열하다보면 건축에 없어서는 안 될 단단한 화장벽돌을 만

들어낼 수 있을 거예요." "아, 맞아요! 그렇게 하면 모든 건
물들이나 다리들이나 그 뭐든지 간에 모래언덕을 극복했다
는 승리의 상징물이 되는 셈이죠!" 한 소녀가 그렇게 흥분하
자 누군가 거기에 맞장구를 친다. "그럼 사막화 현상의 폐해
가 제일 지독한 지역이야말로 가장 부유한 지역으로 탈바꿈
할 수도 있겠군요. 정말 멋지겠어요!"

순간 테이블 맨 끝에 알라딘 복장으로 앉아 있던 알랑이 신
이 나서 외친다.

"지금 그 의견을 메모해놔야겠어요! 그러고 보면 항상 해
결책은 있게 마련인가봐요. 그러니 결코 절망해서는 안 되겠
죠."

한편 미시마에게는 이런 이야기들을 자기 가게 안에서 잠
자코 듣는다는 사실 자체가 엄청난 부담으로만 다가온다.

이미 이 '자살가게Magasin des Suicides'를 마치 MJC라는 그
럴듯한 상호 운운하듯 제멋대로 MDS로 불러가며 찾아오고,
서로 만나, 희망을 만들어가길 원하는 사람들은 날이 갈수록

증가 추세다. 이에 질겁할 뿐인 미시마는 자기 앞에 진지한 표정으로 마주한 남자를 상대로 그저 옛날 자기 입장만을 미주알고주알 늘어놓고 있다.

"예전에 손님들이 자기들 행동을 해명하기 위한 메시지를 넣을 수 있도록 편지함을 설치하려고 한 적이 있습니다. 어때요, 좋은 생각 아닙니까? 자살한 사람들한테 부모나 혹은 친구들이 있는 경우, 망자로부터 편지나 메모 형태로 뭔가 사연을 보관하고 있는 게 있을 텐데, 그걸 가지고 와 함께 상의할 수 있게끔 하자는 취지였습니다. 내 생각에 만약 그대로 실행이 되었더라면 그들은 고통 속에서 우리 가게 선반들을 둘러보는 가운데 자신들을 위해서도 뭔가를 구매했을 겁니다. 몇 주 단위로 진행되는 광고를 구상하기도 했죠. 이를테면 삼 밧줄 광고 주간이라든가 뭐 그런 식으로 말입니다. 연인들을 위한 기간에는 1인 요금으로 두 사람을 만족시키는 방법도 고안해보고요."

섹시한 꼽추 할망구 요정으로 분장한 마릴린은 신선고를 지키면서, 이제는 요술지팡이로만 손님들과 접촉을 하고 있다.

"호오, 손님은 이제 죽었습니다!"

그런 주문과 함께 요술지팡이 끝에서는 초록 불빛이 반짝이면서 제법 마법의 가루 같은 불티가 실감나게 뿜어져 나온다. 물론 이때 자살을 감행하는 척하는 상대는 끔찍한 경련이라도 일어난 듯 온갖 호들갑을 떨며 바닥을 데굴데굴 구르는데, 놀랍게도 그러고 나면 예외 없이 12유로엔을 선뜻 미시마의 손에 쥐여주는 것이다!

턱 아래 살갗이 집히는지 미시마는 고깔모자의 고무줄을 잡아당기며 말한다.

"우리 딸은 묘지관리인 아이를 임신했답니다. 말하자면 생명을 낳겠다 이거죠. 이해하시겠습니까?"

"자식을 세 명이나 키운 걸 보면, 당신이야말로 삶에 애착이 많은 사람 같은데요!"

남자의 대꾸에 미시마는 슬그머니 단서를 단다.

"자식이 셋이라…… 그 세 번째가 문제죠…… 실은 막내 녀석에 의해 감쪽같이 흡수당하기 전에 우리 맏이가 고안해낸 어떤 아이디어를 현실화할 계획이었습니다. 언뜻 보면 그냥 단순한 금속제 관인데, 그걸 머리에 쓰고 나서 뒤쪽에 달린 굴절 가능한 팔 끝에 큼직한 돋보기를 고정하는 겁니다. 그러면 한여름에 그저 햇볕을 쬐는 것만으로도 일사병에 걸려 자살의 꿈을 이룰 수 있는 것이죠. 그늘이 없는 곳에 조용히 앉아 돋보기를 조정해 초점만 잘 맞춰놓으면 만사 오케이인 셈입니다. 머리카락이 다갈색으로 눌어붙기 시작하면 그때부턴 정말 꼼짝달싹하지 말아야겠죠. 초점이 모아진 바로 그 지점에서 머리 가죽이 공략당하고, 급기야는 두개골까지 타 들어갈 테니까요. 그렇게 죽어가는 사람들을 죄다 끌어모으면 뇌에 생긴 큼직한 검은 구멍으로부터 매캐한 연기가 모락모락 솟아오르는 장관을 구경할 수도 있을 거예요⋯⋯ 하지만 이젠 다 물 건너간 얘깁니다. 맙소사! 우리 맏이를 좀 보라구요! 그토록 이 아비의 자랑이었던 저 녀석이 어떻게 되고 말았는지 좀 보란 말입니다! 예전에는 진정 다중 살인마의 사이코패스적 특질을 고스란히 갖춘 식욕부진증 환자였던 녀석이 이제는 어떤 새로운 열정을 갖게 된 줄 아십니까? 글쎄 이것도 저것도 아닌 크레이프 빵만 보면 사족을 못 쓰게 되어버렸지 뭡니까! 솔직히 말해서, 녀석은 이제 아침부터 저녁까지 먹기만 해요……."

양 볼이 통통하고 붉은 턱수염을 짧게 기른 데다 여전히 붕대 감은 머리 아래로 열에 들뜬 눈빛을 한 뱅상은 죽음의 사신인 해골바가지로 분장하고 있다. 샐러드용 큰 그릇 안에 물컹한 밀가루를 반죽하면서, 그는 자기에게로 다가와 볼록한 뱃살을 난데없이 손바닥으로 툭 건드리는 아빠를 덤덤히 쳐다본다.

"해골 선생께서 배가 좀 나오셨어!"

그렇게 빈정대더니 미시마는 다시 손님을 휙 돌아보며 말한다.

"이제 내가 얼마나 생각이 많았는지 잘 아실 겁니다. 결국 그 때문에 며칠간 고장난 기계처럼 꼴이 말이 아니게 되었습니다만…… 대신 또 다른 정신 나간 녀석 하나의 꾐에 빠진 나머지 가족들이 반역을 도모할 충분한 시간을 번 셈이라고나 할까요! 저기 저 터무니없는 낙천주의자 말입니다…… 그래서 결과가 이 모양 이 꼴인 거죠. 한번 좀 보십시오. 우리의 신형 권총에서는 공포탄밖에 나오질 않습니다. 죽음의 봉봉사탕은 이빨만 상하게 할 뿐이에요. 목매다는 밧줄은 또 어떻고요…… 세푸쿠용 칼은 이제 파리채로나 쓰일 물건이 되어버렸답니다."

"그만하면 알 만하군요. 하지만 우리 문제는 그럼 어찌 되는 겁니까?"

지금 미시마가 상대하고 있는 손님은 분명 이곳에 특별한 임무를 띠고 파견된 공무원 같은 눈치다.

"지방정부 전 인원의 집단자살이란 말입니다! 그들에게 파리채를 건넬 순 없지 않겠습니까?"

"무얼 딱히 원하는 거라도 있으면…….."

"나야 알 수가 없지요…… 방금 전에 얘기가 좀 나와서 말인데, 혹시 댁에 40인분 정도의 '모래 상인' 재고가 확보되어 있다면…….”

순간 미시마는, 독약병으로 분장한 채 중앙의 긴 테이블 근처를 돌아다니며 이래야 된다 저래야 된다 왁자지껄 떠드는 소리에 한참 정신 팔려 있는 아내를 버럭 소리쳐 부른다.

“뤼크레스! 당신 부엌 다용도실에 벨라도나하고 '치명적인 서릿발'하고 '사막의 숨결' 좀 남은 거 있지?”

“그건 뭐 하게요?”

“뭘 하냐면…….”

미시마는 파견 공무원을 보면서 한숨을 내쉬듯 이죽거린다.

“하여튼 저 여편네 시도 때도 없이 톡톡 쏴대는 거 보면 참…….”

그러고는 한층 목청을 높여 외친다.

“정부가 무능과 잘못을 깊이 반성하여 오늘 밤 텔레비전 생방송 중에 전원 자살하기로 결정했다는구먼! 그러니 그들한테 필요한 걸 준비해줄 수 있겠지?”

"어디 한번 찾아볼게요! 알랑, 나 좀 도와주겠니?"

"네, 엄마."

34

"대체 누구 짓이야? 누가 감히? 어느 빌어먹을 놈이 그랬냐구!"

미시마는 비행접시처럼 두 눈알을 굴리며 집 안에서 불쑥 뛰쳐나온다. 그는 마침내 명치 바로 아래 빨간 비단 십자가가 수놓아진 기모노 허리띠를 거칠게 풀어헤친다.

당당히 버티고 선 미시마는 식당 찬장 위에서 미리 꺼내둔 진짜 번득번득하고 예리한 (고무가 아닌) 단도를 꽉 움켜쥐고 있다.

그는 사케를 한 잔 단숨에 비워버린다. 꽃무늬가 그려진 검은 펠트 슬리퍼를 신고 계단 위에 떡하니 버티고 서 있는 그의 모습은 이제 막 누군가를 공격하려는 사무라이처럼 충분히 위협적이다.

"도대체 누구 짓이야?"

그렇게 물으면서도 미시마는, 신선고에서 아무 생각 없이 인형놀이에 열중하고 있는 알랑을 향해 본능적으로 달려든다. 언제나처럼 머리 위에 두 손 깍지 끼고 있던 뤼크레스가 부랴부랴 손을 내리고는 얼른 남편 앞을 가로막는다.

"아니, 무슨 일인데 그래요, 여보?"

남편이 허공에다 무모한 칼질을 해대는 동안 뤼크레스는 그저 저 앞 먼 산만 바라보는 듯하고, 알랑은 아빠의 다리 사이를 쏜살같이 빠져나가 계단을 달려 올라간다.

"이런!"

튀바슈 씨는 몸을 홱 돌려 부리나케 아들의 뒤를 쫓는다. 계단 꼭대기에 다다른 알랑은 자기 방이든 다른 어느 누구의 방이든 잘못 들어가 독 안에 든 쥐 꼴이 되느니, 차라리 왼편에 나 있는 쪽문을 활짝 열어젖힌다. (성당의 종탑인지, 모스크의 첨탑인지) 망루의 나선계단으로 통하는 바로 그 쪽문 말이다. 아빠는 닳아서 미끌미끌한 돌계단을 따라 계속해서 아들을 뒤쫓는다. 손에 쥔 칼날이 벽에 부딪치면서 번쩍번쩍 불똥을 튀긴다.

"정부 인사들한테 제공한 칵테일에다 웃음 가스를 탄 빌어먹을 녀석이 대체 어떤 놈이냐구!?"

남편이 아무래도 막내를 해치겠다고 생각한 엄마는 다용도실에서 벨라도나 한 통을 꺼내서 곧장 망루로 통하는 나선계단을 오르기 시작한다. 곧이어 마릴린도 "엄마!" 소리치며 나서고 그 뒤를 또 뱅상이 따른다. 언제나 황산 연기에 나른히 취해 있는 에른스트도 "무슨 일이야?" 하며 뒤늦게나마 몸을 추스른다.

"무슨 일인고 하니……."

계단을 오르느라 숨이 턱에까지 찬 뒤바슈 씨, 까마득히 높은 데다 비좁기까지 한 망루 위에서 막상 가족들에 둘러싸이자 목이 메어 말이 잘 안 나온다. 바닥에 포석이 깔린 원형 망루는 목재골조가 드러나는 원뿔형의 판암 지붕을 이고 있다. 벽에 마치 총안처럼 숭숭 뚫린 구멍들은 필경 그 옛날 종소리라든가 기도 시간을 알리는 회교 승려의 외침을 좀 더 잘 퍼져나가게 하기 위함일 터. 지금은 끊임없이 흐르는 기류로 인해 윙윙 소리만 을씨년스럽다. 마릴린이 입고 있는 주름진 흰색 드레스는 하도 바람에 펄럭거려서, 두 손을 가랑이 사이에 꼭 틀어넣어 옷이 날아가지 않도록 붙들고 있어야 할 지경이다. 때는 밤! 거대한 상호를 떠오르게 하는 붉고 푸른 네온사인이 망루 전체를 비추고 있다. 튀바슈 부인은 벨라도나즙이 가득한 흰색 플라스틱 통을 입가에 바짝 갖다 대고서, 알랑에게 다가가고 있는 남편을 향해 소리친다.

"당신이 그 애를 죽이면, 나도 죽어요!"

"저도 마찬가지예요!"

마릴린 역시 성년을 맞아 뱅상이 선물한 자살용 다이너마이트 안전모 고정끈을 턱밑으로 단단히 여미며 외친다. 그녀의 두 손에는 당장이라도 폭발 단자에 불꽃을 일으킬 전선 두 가닥이 쥐어져 있다. 맏이는 보기에도 섬뜩한 부엌칼의 날선 부분을 자기 목에다 지그시 누른 채 중얼거린다.

"손만 대봐요, 아빠……."

그제야 미시마는 악에 받친 목소리를 토해낸다.

"이 녀석을 죽이려는 게 아니야. 나를 죽이려는 거야!"

하지만 통에서 입을 떼지 않은 뤼크레스의 자세는 완강하기만 하다.

"당신이 죽으면, 나도 죽어요!"

"ᄌ드으······."

밀폐된 금속 안전모에 갇혀 제대로 들리지 않는 마릴린의 목소리는 필경 '저도요!'임에 분명하다.

"손만 대보시라니까요, 아빠······."

크레이프 빵 조각을 우물거리면서도 뱅상의 또라이처럼 내뱉는 발음은 비교적 정확히 전달된다.

"이래서야 원, 끝이 없잖아요!"

유순하기만 하던 에른스트, 갑자기 흥분하며 소리친다.

"마릴린, 당신은 곧 아기엄마가 될 사람이야! 그리고 장인 어른, 정말 그러시면 가게는 누가 돌본단 말입니까?"

"이제 '자살가게'는 없는 거나 다름없네!"

미시마의 딱 자른 듯한 한마디가 단번에 모두의 머리 위에 찬물을 끼얹는다.

"그, 그게 무슨 말이에요?"

뤼크레스는 당장 벨라도나 통부터 내리며 묻는다.

"저들이 가게를 철거해버릴 거야! 잘해야, 내일 아침을 기해 폐쇄 조처하겠지."

"느그으?('누가요?')"

"누군 누구야, 오늘 저녁에 저 녀석한테 우롱당한 사람들이지……."

망루 꼭대기에서 바람은 돌풍이 되어 불며 벽을 따라 매서운 휘파람 소리를 낸다. 알랑은 주춤주춤 뒷걸음질을 치고 미시마는 천천히 다가가면서 자초지종을 늘어놓는다.

"생방송 텔레비전 뉴스에 나온 총독이 자기비판을 한참 하더니 앞에 준비된 '모래 상인' 병뚜껑을 열고 순식간에 그걸 흡입했지. 그에 따라 모든 각료와 대신이 똑같은 행동을 취했어. 아무도 칵테일을 만지거나 삼키지는 않고 말이야(그래 봤자 죽지도 않았겠지만). 한데 그만 모든 사람들이 느닷없는 웃음보를 터뜨리면서, 각자 어린 시절에 있었던 골 때리는 경험담을 하나씩 토해내는 게 아니겠냐. 재무장관은 대뜸 이러더군. '나는 말이오, 방학 때 시골 할머니 댁에 놀러 갔는데, 아 글쎄 이 할망구 매일 아침마다 날 깨운답시고 침대 속에 살아 있는 살무사를 한 무더기 던져놓지 않았겠소! 근데 실은 알고 보니 죄다 죽은 구렁이였더라 이 말씀이야! 그래도 난 무서워서 죽는 줄 알았다오! '잊혀진 종교' 단지로 돌아오고 나서도 두려움이 가시지 않아 말을 더듬고 바지에 오줌을 지릴 정도였으니까. 젠장!' 그러자 실제로 방 안에 그 작자 오줌 지린내가 진동을 하더구먼. 국방장관도 한마디 했지. '나는 말입니다, 어렸을 적에 어른들이 눈을 감고 입을 벌리라고 하기에 그렇게 했거든. 내심 사탕이라도 주려나보다 한 거지. 아 근데 다짜고짜 토끼 똥을 한 덩이 냅다 처넣더라니까요! 우왝! 나 죽어!' 이 얘기를 하면서 그 양반은 아예 바닥에 구르기를 하거나 펄쩍펄쩍 뛰어다니는데 그야말로 실성한 토끼가 따로 없는 거야. 환경장관도 질세라 얘기를 꺼내더군. '열한 살 때인가로 기억하는데, 어른들이 산울타리에 난 꽃은 꺾지 말라고 이르곤 하셨죠. 그것들은 낙뢰를 일으키는 꽃이라서 그걸 꺾는 순간 벼락이 내 머리 위를 강타할 거라고 잔뜩 겁을 주는 거였어요. 뭐, 이제 와 얘기지만, 그때는 그래도 야산 비탈에 꽃들이 제법 있었던 시절 아니었습니까! 하하하, 근데 지금 이렇게 성장해서 내각에 들어와 있다보니, 그런 스릴 같은 것이 하나도 없어요. 어허허, 어딜 봐도 야생화 한 송이 눈에 띄지 않더라 이겁니다!' 그러더니 난데없이 자기 머리털을 한 움큼씩 잡아 뽑으며 킬킬거리는 거야. 나뿐만 아니라 그 순간엔 모든 시청자들이 아마 혼비백산했을 거다. 물론 소맷부리에 우수수 떨어지는 그 장관 머리털 떨어내는 것 때문에라도 정신없었을 테고. 어쨌든 마지막에는 총독이 눈물 날 정도로 웃어대면서 대미를 장식하더라구. '나는 말이외다, 옛날에 어떤 아저씨가 나를 고구마 부대에 집어넣어 짐수레에 처넣고는 말한테 채찍질을 하며 어디론가 떠났던 적이 있어요. 한데 그게 너무 심했는지 말이 이리저리 우당탕 요란하게 달리는 바람에 내가 그만 자루째 굴러 떨어져 나중에 보니 길가에 덩그러니 버려져 있더라 이겁니다! 아하하하하! 그때 아무도 날 구해주지 말았어야 하는 건데 말이에요…… 허허허, 그랬다면 내가 관리하는 지역을 이 지경으로 망가뜨리지 않았을 것 아닙니까, 어허허허허!' 결국 총체적으로 정신 나간 생방송 뉴스가 되어버렸고 연출자는 부랴부랴 방송 중단을 지시해야 했지. 스튜디오에 있던 스태프들까지 모조리 포복절도하고 난리였으니까. 그들이 움직이는 '3D 전감각 시스템' 전용 카메라가 제멋대로 흔들리면서 전혀 제 기능을 발휘할 수 없는 지경이었어. 뭐가 뭔지 보이지도 않고, 엉망진창이었지. 그 모든 게 어느 몹쓸 녀석 한 놈이…… 점잖은 정부 인사들 허파에 웃음가스를 불어넣어 저질러진 일이라 이거야! 알겠냐, 알랑?"

희번덕 돌아가는 미시마의 무시무시한 눈동자에 현란한 네온사인 빛이 번득번득 반사되고 있다.

열한 살 먹은 아이는 그 앞에서 한 발 더 뒷걸음질치며 하소연한다.

"하지만 아빠, 전 몰랐어요! 엄마의 방독면을 쓰고 있어서 전혀 알아채지 못했다니까요. '사막의 숨결'이 담겨 있을 거라고 생각한 병을 늘 있던 그 자리에서 꺼냈을 뿐인데, 거래공급처가 바뀌었다는 걸 그만 깜빡 잊고 있었던 거예요…… 지금은 '죽어도 상관 안 해'가 아니라 '한바탕웃음'사인데 말이죠……."

아빠는 한 걸음 더 성큼 내디디면서 단도 손잡이를 잔뜩 그러쥔다. 그리고 기모노 명치 밑을 수놓고 있는 빨간 비단 십자가에 정확히 그 칼끝을 갖다 대는 것이다. 땀으로 범벅인 그의 대머리가 번들번들 빛을 발하고 있다. 어느새 옆으로 다가온 뤼크레스가 1.5리터 분량의 벨라도나즙을 당장이라도 삼킬 태세를 갖추고서 남편과 나란히 걸음을 내딛기 시작한다. 마릴린의 머리를 온통 차폐한 시커먼 안전모는 이 대목에서 악몽 속의 괴물 파리를 연상시킨다. 아마 영화 속 여배우나 부담 없이 걸칠 초섹시 드레스 차림으로 주춤주춤 다가오는 그녀의 양손에는 폭발장치에 연결된 전선 두 가닥이 야무지게 쥐어져 있다. 또 한 명의 정신 나간 광인 예술가 뱅상은 크레이프 냄새 훅훅 풍기는 트림을 해대는 가운데, 자신의 목 혈관에서 조만간 터져 나올 시뻘건 선혈의 멋들어진 추상화를 미리 마음속으로 즐기는 표정이다.

당장이라도 폭발할 것 같은 일촉즉발의 분위기 속에서 온 가족이 연출하고 있는 이 믿을 수 없을 만치 광적인 환영 앞에서 알랑은 질겁한 채 한 발 두 발 뒷걸음질칠 뿐이다! 3층 크기의 거대한 튜브 모형 발포정發泡錠 광고가 제우스 동 전체를 훑으며 올라가고 있다. 알랑은 애처롭게 한 손을 내저으면서 불가항력적인 사태를 거부해보려고 안간힘이다. "안 돼요, 안 돼, 이러지 마세요……."

순간 뒷걸음질치던 알랑의 몸뚱어리가 기우뚱하는가 싶더니, 망루의 총안 같은 구멍 밖으로 상체가 벗어나면서 다리마저 훌러덩 넘어가버린다. 그와 더불어 뤼크레스, 미시마, 마릴린, 뱅상 그리고 에른스트까지 가지고 있던 모든 걸―벨라도나 통, 단도, 부엌칼―바닥에 내팽개치고서 우르르 달려들어 구멍 너머를 내다본다. 얼굴 전체를 덮는 챙 때문에 앞이 잘 보이지 않는 마릴린은 불안한 목소리로 더욱 호들갑이다.

"므슨 을ㅇㅇㅇ?('무슨 일이에요?')"

묘지관리인은 얼른 약혼녀의 턱 끈부터 풀어준 다음 대답한다.

"알랑이 창밖으로 떨어졌어……."

"네?!"

한데 이상하게도 아직 브레고부아 대로변 어디에도 뭔가 폭삭하는 파열음이 들리지 않는다! 자세히 들여다보니 알랑은 바로 한 층 정도 아래, 보잘것없는 함석 빗물받이 홈통에 오른손 하나로 매달려 있는데, 그나마 고정하는 리벳들이 하나둘 퉁겨나가고 있는 상황이다. 안타깝게도 그의 왼쪽 어깨는 추락할 때 다쳐서 팔 한짝은 거의 무용지물인 상태다. 그렇지 않아도 시원찮던 빗물받이 홈통은 더욱 갈라지고 구부러지면서 알랑을 아슬아슬하게 매달고 있다. 그야말로 언제 부러질지 모르는 형국이다. 바로 그때 막내한테로 기나긴 백색 천 조각이 신속하게 내려간다. 뱅상이 드디어 머리를 감고 있던 터번을 풀어헤친 것이다! 절체절명의 순간, 그가 얼른 결단을 내리고 허공에 몸을 기울여 그 기나긴 벨포 붕대를 풀어헤쳤기에 망정이지…… 조금만 늦었더라도 알랑의 오른손에 그 붕대 끝자락이 닿을 틈도 없이, 홈통이 먼저 저 아래 까마득한 심연 속으로 곤두박질쳐 요란한 굉음과 함께 브레고부아 대로 포도 위에 박살 날 뻔했다. 기겁을 한 아빠 엄마 그리고 누이가 휙 돌아보니, 가족의 맏이는 막내가 대롱대롱 매달린 붕대를 악착같이 그러쥔 채 부들부들 떨며 버티고 있다.

"뭐 해요, 어서 도와주지 않고……."

말이 떨어지기가 무섭게 온 가족이 뱅상을 도와, 혹시라도 천이 찢어질까 조심스레 붕대를 잡아당기기 시작한다. 알랑의 몸은 이제 조금씩 조금씩 흔들거리면서 가족들한테로 가까워오고 있다. 무려 열 개의 빈틈없는 손들이 합심해서 한번 죽은 거나 마찬가지인 아들을 가족의 품 안으로 되돌아오게 하고 있는 셈이다. 이제 조금만 더, 조금만 더…… 아이의 가벼운 몸이 점차 상승함에 따라 붕대의 끌어올려진 부분을 다시 내려서 두께와 안전성을 두 배, 세 배로 증대시키는 지혜까지 발휘하는 중이다.

"정말 큰일 날 뻔했어……."

뤼크레스가 한숨을 내쉬자 미시마는 뱅상을 보며 말한다.

"네가 있어서 천만 다행이었다, 말이야!"

"이젠 머리가 아프지 않아요!"

뱅상이 씩씩하게 화답하자, 눈에 눈물까지 머금은 마릴린이 한술 더 뜬다.

"우리 아이 이름도 알랑Alan이라 지어야겠어! 딸이면 알란 Alanne이라 짓고 말이야!"

물론 에른스트도 기꺼이 수용하는 표정이다. 그러는 가운데 튀바슈 가의 막내아들은 계속해서 서서히 올라오고 있다. 고개를 쳐들자 저 위에서 굽어보고 있는 아빠, 엄마, 형, 누나 그리고 이제 곧 매형 될 사람의 얼굴이 옹기종기 보인다. 그

중 아빠의 얼굴은 싱글벙글하면서 이렇게 말하고 있다.

"까짓 지방정부가 영장을 통해 정식으로 우리 '자살가게' 를 폐쇄한다 해도 상관하지 않을 거야! 최근 얼마 동안 온갖 익살과 장난거리를 팔아서 챙긴 돈만 해도 대로 맞은편에 있 는 '프랑수아 바텔' 경영권을 차지할 만큼은 충분히 되거든. 거기 이름도 아예 '이곳이 맞은편보다 좋아요'로 지어버릴까 보다!"

"그럼 크레이프도 만들게 되나요!"

뱅상이 묻자 튀바슈 씨는, 아들이 태어나서 바라본 중 그 토록 희희낙락한 적이 없을 정도의 파안대소하는 얼굴로 외 친다.

"아무렴, 네가 바란다면야!"

뱅상도 붕대를 잡아당기면서 얼굴이 더없이 환해진다.

"저도 이제 해골바가지 모양 크레이프는 더 이상 안 만들 겁니다. 이젠 좀 고리타분해졌거든요. 그 대신 알랑의 얼굴 처럼 동그란 모양의 크레이프를 선보일 거예요. 녀석의 웃는 눈처럼 귀여운 구멍 두 개하고 활짝 웃는 낙천적인 입 모양을 곁들여서 말이죠. 크레이프 둘레로는 국자를 살짝살짝 기울여가면서 금발 곱슬머리도 만들어 넣을 거구요, 양 볼에는 초콜릿 가루를 듬성듬성 뿌려서 녀석의 주근깨 자국도 만들어줄 겁니다. 크레이프가 별로인 사람들조차 그것만은 유리 곽에 넣어 침대 머리맡에 놓아두고 싶게끔, 볼 때마다 기분이 즐거워지는 걸작 크레이프를 한번 만들어볼 거예요!"

"호호호호, 그것 참 신나겠구나! 이게 바로 행복이겠지……."

뤼크레스가 그렇게 콧소리를 내면서 웃어젖히는 것 또한 가족 누구도 여태껏 접해본 적 없는 웃음소리다.

아이는 한 손으로 버티며 꾸준히 올라간다. 이제 가족과의 거리는 불과 3미터 남짓. 스웨터를 입은 등짝과 바지 위로 네온의 광고 문안이 미끄러지듯 지나간다. 알랑은 붕대를 단단히 틀어쥔 채, 지난 일들에 대한 그 어떠한 아쉬움이나 미움도 없는 덤덤한 마음으로 저 위 가족들 얼굴을 바라보면서 흔들흔들 오르고 있다. 지금 보이는 저들 모두의 행복과 미래에 대한 갑작스러운 신념, 저 얼굴들에 빛나는 환한 웃음이야말로 알랑의 일생일대 걸작이나 마찬가지다. 2미터가 남자 누나가 깔깔거리며 웃음을 터뜨린다. 튀바슈 부인은 난데없이 어린 시절 유치원 마당에 들어서는 엄마의 얼굴을 바라보듯 가까워지는 아들의 얼굴을 내려다보고 있다. 이제 알랑의 임무는 완수된 것. 순간…… 그는 손을 놓는다!

웬만하면 자살하지 말자!

그것이 영화든 소설이든 시든, 간혹가다 무릎을 탁 치게 만드는 제목을 만날 때가 있다. 바로 이 『자살가게』 같은 제목이 그렇다. 왜 아니겠는가. 하나밖에 없는 목숨을 선뜻 값으로 치를 만큼 인간에게 절박한 것이 자살 욕구라면, 그 욕구를 상품화해서 이득을 남기는 '가게' 또한 충분히 있을 법하지 않은가…….

황당무계 그로테스크 엽기발랄이 부글부글 끓는 듯한 이 소설은 이미 그 기발한 제목 속에 상상의 고성능 발포제發泡劑를 함유하고 있다 해도 과언이 아니다. 목숨을, 그것도 자기 자신의 목숨을 결딴내는 방법에 대한 우울한 고민은 상상력의 자가충족/자가증식 법칙에 따라 자기도 모르는 사이 그 자체가 하나의 즐거운 유희로 발전하고, 다양한 아이디어 상품으로 개발되어, 기상천외한 놀이공원으로까지 펼쳐진다. 한마디로 고삐가 풀렸다고나 할까. 죽음을 돈 주고 살 정도로 암울한 세기말적 분위기에도 불구하고 걷잡을 수 없이 난동 부리는 블랙코미디와 톡톡 튀는 발상 덕분에, 이 섬뜩

할 수도 있었을 '가게'는 오히려 유쾌한 폭소의 무대로 우리에게 다가온다. 만에 하나, 수상쩍은 우울 무드에 사로잡혀 이 책을 집어 들고 '가게' 문을 노크하는 당신이라면, 어느새 죽음은 뒷전이고, 대신 죽음의 아이디어, 죽음의 '깜짝 선물'에 죽으려는 자의 운명마저 유쾌하게 휘둘리는, 참으로 엉뚱한 광경을 보게 될 것이다…….

올해 초 소설이 발표되었을 때 프랑스 현지 언론에서는, 만약 이 책이 영화화될 경우 메가폰을 잡을 감독은 당연히 팀 버튼이 될 거라는 덕담이 나돌기도 했다. 하지만 나는 번역하는 내내 왜 그런지 장 피에르 주네 감독이 만든 〈델리카트슨 사람들Delicatessen〉이 머릿속을 자꾸만 맴돌았다. 죽음과 절망이 무슨 생필품처럼 다뤄지고 거래되는 일상의 그로테스크, 상식과 부조리가, 공포와 코미디가 수시로 얼굴 바꿔가며 나태한 정서의 허를 찌르는 서술상의 아이러니, 죽음을 말함으로써 삶을, 삶을 말함으로써 죽음을 환기하는 집요한 역설과 전복의 의미구조가 바로 그 영화 〈델리카트슨 사람들〉을 꼭 빼닮았다고 느꼈다.

그래, 그렇게 이 소설 한번 읽어보기를 권하고 싶다. 군이
자살의 윤리적 해석을 오버랩할 것도 없고, 설사 이 소설의
결코 예측하기 어려운 마지막 장면에 쿵하고 충격을 받았다
해서, 망연자실, 여하한 철학적 고민으로까지 전개해보느라
골치 썩일 필요도 없이, 그냥 그렇게, 한 편의 잘 만들어진 고
급스러운 컬트무비 감상하듯, 즐겨보기를 권하고 싶다…….

그리고, 웬만하면 자살하지 말자!

성귀수

자살가게

초 판 1쇄 발행   2007년 10월 29일

개정판 1쇄 발행   2022년 12월 5일

개정판 3쇄 발행   2023년 9월 1일

지은이   장 퇼레

옮긴이   성귀수

펴낸이   정중모

펴낸곳   도서출판 열림원

출판등록   1980년 5월 19일 (제406-2000-000204호)

주소   경기도 파주시 회동길 152

전화   031-955-0700

팩스   031-955-0661

이메일   editor@yolimwon.com   페이스북   /yolimwon

인스타그램   @yolimwon   트위터   @yolimwon

주간   김현정   마케팅·홍보   김선규 최가인 최은서

편집   조혜영 황우정 이서영 김민지   온라인사업   서명희

디자인   강희철   제작 관리   윤준수 이원희 고은정 구지영

표지 및 본문 디자인   지노디자인

ISBN 979-11-7040-145-2   03860